契り枕
さくや淫法帖

特選
時代
小説

睦月影郎

廣済堂文庫

目次

第一章　初の春画で筆下ろしを

一

「清《せい》さん、今回も良い出来ですよ」

持ってきた役者絵を見ながら、登志《とし》が清四郎《せいしろう》に言い、代金を渡してくれた。

「有難うございます。ではまた持ってきますので」

「あ、待って。今日は少し打ち合わせをしたいので、小梅《こうめ》、お店をお願い」

登志は言って、娘の小梅に店を任せ、清四郎を奥へと招いた。

清四郎は帳場を出て庭へと回り、縁側から上がり込んでいった。

ここは神田にある桂屋《かつらや》という小間物屋だ。

女物の櫛《くし》や紅白粉《べにおしろい》、小物入れなどを商っているが、娘の好きそうな役者絵なども置いている。

清四郎は十八歳。家は下野国《しもつけのくに》で筆屋を営んでいたが、十三のときから江戸に出て奉公していた。

勤めたのは書店で、彼は多くの絵双紙《えぞうし》に接した。

そこで清四郎も幼い頃から絵が好きだったので、役者絵や美人画を模写したところ、いくばくかの副収入を得られるようになっていた。有名どころの絵師が描くと高いが、彼が描いたものは安いので、それなりに見栄えの良い絵が描ければ実入りになったのである。

今は書店を辞め、絵だけで食えるようになっていた。正式に習ったわけではないが、天性の才があったのだろう。長屋住まいをしながらも、こうして各店に置いてもらえるようになった。

この桂屋は、若い娘が多く来るので、彼の描く役者絵が売れていた。

「実はね、役者絵ではなく、女を描いて欲しいのだけれど」

登志が、彼を奥の部屋に招いて言った。

彼女は、まだ四十前だ。

十七になる、可憐な看板娘である小梅の母親で、実に顔立ちの整った美形だった。色白で、胸も尻も豊満、熟《う》れた女盛りの後家であった。

婿養子だった亭主は先年病死し、今は母娘でこの店をやっている。

清四郎は、小梅の婿に入れないものだろうかと心密かに思っていた。

しかし有り余る淫気を解消する手すさびの妄想では、無垢《むく》な小梅より、この熟れて美しい後家の方ばかり思ってしまうのだった。

何しろ自分もまだ女に触れたことのない無垢だから、小梅を妄想しても何をして良いか分からないのである。

そのてん登志なら、酸《す》いも甘いも知り尽くして、どんな淫《みだ》らなことでも教えてくれることだろう。

こうして差し向かいになっていても、美しい顔が神々《こうごう》しいほど眩《まぶ》しく、思わず股間が熱くなってきてしまうのだった。

しかし、登志の話は新たな仕事のことであった。

「実は、さるご隠居から春画を頼まれたのだけれど」

「しゅ、春画ですか……」

「ええ、手に入るものでは飽き足らず、もっと上手《じょうず》で際どいものを描ける人はいないのかと言われて」

「そうですか……」

確かに、清四郎も書店で多くの春本を見て興奮した方で、陰戸《ほと》の仕組みもそれで知ったようなものだったが、やはりどれも誇張され、次第に興奮するより滑稽《こっけい》な感じがしてきたものだった。

「それで、清さんなら上手だから描けるのじゃないかと思って。その代わり、店には置けないし、大っぴらにも出来ないものだから、かなり賃金ははずんでくれるわ」

「はい……」

「大変だろうけど、若いのだから淫気も大きいでしょう。美人画だって、綺麗な顔を書き慣れているし」

登志が身を乗り出し、熱っぽく説得した。

ふんわりと甘い匂いが漂い、とうとう清四郎は痛いほど股間が突っ張ってきてしまった。

「ただ、私はまだ……、女がどういうものか知らず、裸を見たことも……」

「まあ、どこかで遊んだこともないの？」

清四郎が正直に言うと、登志は驚いたように言い、彼の顔を覗き込んできた。

それなりに実入りが良いので、女ぐらい買っていると思ったのだろう。

「そう、何も知らなければ描けないのも仕方がないけれど……、見れば描けるのね？」

「はい、それはもう……」

言うと、今度は登志が考えて少し間を置いた。

「依頼主は、まだ嫁入り前の女を描いて欲しいそうだけれど、これぱっかりは小梅に頼むわけにいかないので、私でもいいかしら？」

「え……？　お、お登志さんが、見せてくれるのですか……？」

清四郎は目を丸くして言い、戸惑いの中でも、期待と興奮が激しく高まっていった。

「私の身体でもいい？　描くときは、もっと細めに若々しくしてくれないと困るけれど、陰戸は、そうそう違わないと思うので」

（ほ、陰戸……）

どうやら、そこまで見せてくれるようで、もう清四郎は言葉にならず、ただ夢中で何度も頷《うなず》くばかりだった。

すると登志が立って半紙を何枚かくれ、いきなり床を敷き延べはじめた。

どうやら本気らしく、清四郎もまずは懐中から矢立《やたて》を取り出した。

すぐにも登志がくるくると帯を解いて着物を脱ぎはじめ、室内に生ぬるい熱気が甘ったるく漂ってきた。

どうやら依頼主は、よほど世話になっている人で、登志も他に頼む絵師などいないようだった。

小梅は、店が立て込んでいるので奥へ来るようなこともないだろう。

清四郎が激しく胸を高鳴らせ、とにかく絵の仕度を調《ととの》えている間にも、登志は腰巻を脱ぎ去り、襦袢《じゅばん》一枚になって布団に横たわった。

「どんな姿がいいかしら……」

彼女も、相当に緊張と羞恥に包まれているらしく、声の震えを抑えるように小さく言った。

「あ、仰向けで……」

「そうね。嫁入り前なら本手《ほんて》（正常位）が多いでしょうから……」

登志は言いながら襦袢の前を開き、豊かな乳房を露わにした。

「じゃ好きなように描いて。じっとしているから」

「はい、では……」

言われて、清四郎は深呼吸し、指が震えないよう注意して筆を執った。

まずは全身像を手早く描き、いよいよ乳房である。

実に豊かで、乳首も乳輪も艶《なま》めかしく色づいて、呼吸とともに微かに上下していた。

その形を描き、腹部と太腿、スラリとした脚や、股間の翳《かげ》りを写した。

「全体の身体は描きましたので……」

「そう、じゃ陰戸を見て描いて」

清四郎が期待しながら言うと、登志も答え、ためらいなく両膝を立てて大きく開いてくれた。

「では……」

彼は紙と筆を持って腹這い、美しい後家の股間に顔を進めていった。

白くムッチリとした内腿の間に入ると、陰戸から発する熱気と湿り気が顔を包み込むようだった。

清四郎は、生まれて初めて見る女の神秘の部分に目を凝《こ》らした。

しかし、今は興奮を抑え、正確に写さなければならない。白く張り詰めた下腹から股間の丘、黒々と艶《つや》のある濃い茂みを描き、割れ目からはみ出す桃色の花びらまで克明に写した。

「あ、あの、中の方も……」

外側だけ描き終えて言うと、登志も興奮にヒクヒクと下腹を波打たせ、両手を股間に伸ばしてきた。

「こう……？」

彼女は言い、大胆に両脚を浮かせ、左右から両手の指でグイッと陰唇《いんしん》を大きく広げてくれたのだ。

中身が丸見えになり、清四郎は思わずゴクリと生唾を飲んだ。中は綺麗な柔肉《やわにく》で、全体がヌメヌメと潤《うるお》っていた。

やはり無垢な視線を羞恥の中心に受けながら、登志も相当に興奮と淫気を高めているのだろう。

とにかく彼は見ながら描いた。やはり、春画は悪趣味なほどの誇張が多く、実際はもっと艶めかしく美しいものだという印象があった。

内部の下の方には、かつて小梅が生まれ出てきた膣口が、細かな襞《ひだ》を入り組ませて息づき、白っぽい粘液まで滲《にじ》ませはじめていた。

ポツンとした尿口の小穴もはっきり確認でき、包皮の下からは光沢あるオサネが亀頭の形をしてツンと突き立っていた。

さらに脚を浮かせているので、尻の谷間の艶めかしい肛門まで丸見えになっていた。

清四郎は、それらを細かなシワまで正確に描き、腹這いになって圧迫された一《いち》物《もつ》が、僅かな刺激だけで果てそうなほど高まってしまった。

ようやく全てが描き終える頃、とうとう陰戸から溢れた淫水がトロリと肛門の方まで伝い流れた。

「アア……、恥ずかしいわ。まだ……？」

濡れているのを自覚し、登志が熱く喘《あえ》ぎながら言った。

二

「描けました……、見てみて下さい……」

「ううん、あとで見るから、今はとにかく入れて……」

「え……？」

清四郎が顔を上げて言うと、登志が熟れ肌をくねらせ、息を弾ませながらせがんできた。

彼は、早く長屋に戻って手すさびしようと思っていたのだが、どうやら登志も、このままで済ませる気はないらしい。

紙と筆を彼女の股間からどかせ、清四郎も急いで帯を解いて脱ぎはじめた。

「あ、あの、本当に入れてよろしいのですか……」

「いいわ。女を知った方が描きやすいでしょう」

「その前に、少しだけ舐《な》めさせて下さい……」

たちまち全裸になった清四郎は、再び腹這いになって顔を寄せていった。

「な、舐めてくれるの……」

「ええ、どうにも舐めたくて……」

登志が驚いたように言い、それでも拒《こば》む様子もないので彼は答え、張り詰めて量感ある内腿に舌を這わせていった。

そして吸い寄せられるように茂みに鼻を埋めて嗅ぐと、隅々《すみずみ》に籠もった汗とゆばりの匂いが悩ましく鼻腔を刺激してきた。

(これが、女の股の匂い……)

清四郎は興奮と感激の中で思い、何度も息を吸い込んで美女の体臭で胸を満たした。

大部分は生ぬるく甘ったるい汗の匂いで、それにほのかな残尿臭の刺激が含まれ、それに大量の淫水によるものか、ほんのり生臭い成分も入り混じって感じられた。

舌を這わせ、陰唇の表面から徐々に内部に挿《さ》し入れていくと、ヌルッとした淡い酸味の潤いが迎えてくれた。

これが淫水の味なのだろうと思い、膣口をクチュクチュ掻き回すと、大量のヌメリに舌の動きが滑らかになった。そしてコリッとしたオサネまで舐め上げていくと、

「ああッ……！」

登志がビクッと顔を仰《の》け反《ぞ》らせて喘ぎ、内腿でキュッときつく彼の両頬を挟み付けてきた。

やはり春本に書かれていた通り、オサネが最も感じるのだろう。

しかも登志は快楽を知りつつ、亭主が死んでからこの数年男日照りが続いていたから、相当に淫気も溜まっていたようだ。

清四郎は執拗《しつよう》にチロチロとオサネを舐め回しては、新たにネットリと溢《あふ》れた蜜汁を舐め取り、貪欲《どんよく》にすすった。

さらに再び彼女の両脚を浮かせ、白く豊満な尻の谷間に閉じられた、おちょぼ口の蕾《つぼみ》に鼻を押しつけて嗅いだ。

顔中にひんやりした双丘が心地よく密着し、蕾に籠もった秘めやかな微香が胸に沁み込んできた。

こんな美女でも用を足すのだという、当たり前のことすら新鮮な発見に思え、清四郎は美女の匂いを貪《むさぼ》りながら舌を這わせていった。細かに震える襞を舐めて濡らし、ヌルッと潜り込ませると、

「あう……、駄目よ、そんなところ……」

登志が息を詰めて呻《うめ》き、キュッと肛門で舌先を締め付けてきた。

清四郎は滑らかな粘膜を味わい、舌を出し入れさせるように蠢《うごめ》かせた。粘膜は甘苦いような微妙な味わいがあった。

すると鼻先の陰戸からは、さらに大量の淫水がトロトロと溢れてきた。

それを舐め取りながら、再び割れ目に戻ってヌメリをすすり、オサネに吸い付くと、

「い、いきそうよ。もう堪忍《かんにん》……、早く入れて……」

登志が降参するように、クネクネと腰をよじって言った。

彼も待ちきれなくなって舌を引っ込め、身を起こして股間を進めていった。

そしてぎこちなく先端を濡れた割れ目に押しつけ、位置を探った。

「慌てないで。もっと下よ、ゆっくり……」

と、登志が僅かに腰を浮かせて言い、膣口に誘導してくれた。

すると押しつけていた亀頭がズブリと潜り込み、あとは滑らかにヌルヌルッと根元まで吸い込まれていった。

「アアッ……！」

股間を密着させると、登志が熱く喘いでキュッと締め付け、両手を伸ばして彼を抱き寄せた。

清四郎は初体験の感激や感触を味わう余裕すらなく、ただ温もりに包まれながら身を重ねた。胸の下で豊かな乳房が押し潰れて弾み、甘ったるい汗の匂いが悩ましく漂った。

「突いて……、強く奥まで……」

登志が下から熱く甘い息を囁《ささや》き、ズンズンと股間を突き上げてきた。

清四郎は、白粉のように甘い刺激を含んだ美女の息を嗅いで高まり、僅かに腰を突き動かしただけで、たちまち昇り詰めてしまった。

「く……！」

大きな快感に全身を貫かれながら喘ぎ、もう止めようもなく熱い精汁がドクドクと脈打つように内部にほとばしった。

そのまま快感に乗じて腰を突き動かすと、何とも滑らかな肉襞の摩擦に包まれて、彼はあっという間に最後の一滴まで出し尽くしてしまった。

「ああ……、いい気持ちよ。もっと……、え？　済んでしまったの……？」

登志が狂おしく身悶《みもだ》えて喘いだが、急に清四郎がグッタリしてしまったので、拍子抜けしたように声を洩《も》らした。

「ご、ごめんなさい……、あんまり気持ち良くて……」

彼は息を弾ませながら、済まなそうに言った。

「いいのよ、最初だから無理もないわ。ゆっくり抜いて……」

登志が懐紙を手にして言い、股間に当てた。

清四郎は余韻を味わう余裕もなく、そろそろと一物を引き抜いた。

彼女は割れ目に紙を当てて拭い、清四郎は力が抜けて登志の横にゴロリと添い寝していった。

「まだ勃《た》っているわ……。さすがに若いのね……」

登志は一物も拭ってくれ、清四郎は過敏にピクンと反応した。

そして彼女は添い寝しながら腕枕してくれ、豊かな乳房を彼の鼻先に突きつけてきた。

清四郎はまだ呼吸も整わぬうち、チュッと吸い付いて舌で転がした。

「ああ……、いい気持ちよ……、ここもいじって……」

登志は乳首を含ませながら彼の手を握り、陰戸に導いた。清四郎は割れ目を探り、淫水にまみれた指の腹でクリクリとオサネを擦った。

「アア……、いいわ、もっと……、こっちも吸って……」

登志は再び熱く喘ぎながらのしかかり、もう片方の乳首もキュッと押しつけて含ませてきた。

清四郎は顔中を豊かで柔らかな乳房で覆われ、心地よい窒息感に噎《む》せ返った。

左右の乳首を交互に舐め回し、さらに彼は自分から登志の腋の下に顔を埋め込んでいった。

色っぽい腋毛《わきげ》には、何とも甘ったるい汗の匂いが濃厚に籠もり、彼は美女の体臭で悩ましく胸を満たした。

するとと登志が顔を寄せ、上からピッタリと唇を重ねてきたのだ。

柔らかな唇の感触と、ほのかな唾液の湿り気が伝わり、白粉臭のかぐわしい息が鼻腔を刺激してきた。

すぐに彼女の舌がヌルッと潜り込み、チロチロと滑らかにからみついてきた。

「ンン……」

清四郎は美女の唾液と吐息に酔いしれて呻き、すっかり回復した一物をヒクヒク震わせ、なおも登志のオサネをいじり続けた。

「ああ……、もう堪《たま》らないわ……」

唇を離すと登志が熱く喘ぎ、身を起こして一物に顔を迫らせてきた。

熱い息が股間に籠もり、先端がパクッと含まれ、さらにモグモグと根元まで呑み込まれていった。

幹を濡れた口で丸く締め付けて吸い付き、内部ではクチュクチュと舌がからみついた。

さらに彼女は貪るように顔を上下させ、スポスポと強烈な摩擦を開始してきたのだ。

それは、何という大きな快感であろう。情交したときも溶けてしまいそうに心地よかったが、美女の清潔な口に含まれるのも格別だった。

まるで全身が小さくなって美女の口に含まれ、かぐわしい匂いと唾液のヌメリに包まれ、舌で転がされているような快感であった。

「あ……、い、いけない……！」

あっと思う間もなく、清四郎は二度目の絶頂を迎えてしまった。

同時に、二度目とも思えない大量の精汁が、勢いよくほとばしって登志の喉の奥を直撃した。

「ク……、ンン……」

彼女が熱く鼻を鳴らして吸い付き、全て吸い出してからゴクリと飲み込んでくれた。嚥下《えんげ》とともに口腔がキュッと締まり、清四郎は駄目押しの快感にビクリと股間を跳ね上げた。

飲み干してから、登志がスポンと口を離し、淫らに舌なめずりした。

「ああ、出したばかりだから、少しぐらい舐めても大丈夫だと思ったのに。もう一度入れたかったのよ……」

「ご、ごめんなさい……」

彼女がガッカリしたように溜息混じりに言うと、また清四郎は脱力感の中で謝るばかりであった……。

三

（これぐらい描ければ、大丈夫かな……）

翌日の昼下がり、清四郎は長屋で仕上げた春画を見ながら思った。

昨夜は登志との強烈な初体験に、なかなか寝付かれなかった。

何しろ、陰戸をつぶさに見せてくれたのも興奮したが、そのあと挿入《そうにゅう》してあっという間に漏らしてしまい、次は口に出して飲んでもらい、目眩《めくるめ》く体験の数々だったのである。

あんなに夢のような体験が出来る幸運な男など、江戸の中でもそうはいないのではないかとさえ思った。

まして口で愛撫され、飲んでもらえるなど、遊女だったら何十両取られるのだろうか。

あとで思えば、もっとあれもすれば良かった、これもしておけば良かったと思い、もしまた機会が巡ってきたら、今度は早々と漏らすのを必死に堪え、少しでも長く楽しもうと心に刻んだのだった。

そして今朝から、依頼の春画に専念し、見た女体を少々若めに描きながら、本手の交接中の図と、陰戸の大写しを二枚完成させたのである。

質素な昼餉《ひるげ》を済ませると、手直しをし、彩色まで全て仕上げたのであった。

我ながらまああの出来で、見ながら登志の感触や匂いを思い出し、手すさびの衝動に駆られるほど興奮してきてしまった。

すると、そのとき当の登志が長屋を訪ねてきたのである。

「ごめんくださいな」

「うわ……、お登志さん……」

「何をそんなに驚いているの。まあ、もう仕上がったのね」

登志が中に入って戸を閉め、絵を見て上がり込んできた。

住まいは二階長屋で、土間と竈《かまど》があり、階下の四畳半が仕事場。二階の四畳半が寝床だった。

「まあ、上出来だわ。あとはこれを見ながら、いろんな形で好きなように描いてみて」

登志は言い、持ってきた四十八手の春本を出して置いた。

「あ、あの……」

「きょ、今日はなるべく長持ちさせるので、どうかもう一回お願い致します！」

清四郎は座り直し、額を擦りつけるようにして懇願《こんがん》した。

「そんな、男が軽々しく頭を下げるものじゃないわ。ええ、無理なお願いをしているのだから、私で良ければ好きにしていいから」

「本当ですか。では二階に」

清四郎は気が急《せ》くように立ち上がった。すると登志はまた土間に降り、戸に心張り棒を嚙ませてから階段を上がってきた。

一緒に二階に上がると、あるのは万年床だけだ。

「あ、朝風呂に入ってきたので綺麗ですので……」

清四郎は緊張と興奮に舌をもつれさせながら言い、帯を解いて脱ぎはじめた。

「私は、ゆうべ入ったきりだけれど……」

「構いません。お登志さんの匂い、大好きです」

「まあ……、恥ずかしいのに……」

彼女も言いながら、帯を解いて着物を脱ぎはじめてくれた。

昨日は店に小梅がいたが、ここなら誰も来ることはない。

清四郎は手早く全裸になり、先に布団に仰向けになった。もちろん一物はピンピンに天を衝いて屹立《きつりつ》していた。

「あれからいろいろ思って、したかったことが山ほどあったなと……」

「そう、絵の役に立つだろうから、何でも言ってみて」

彼が言うと、たちまち一糸まとわぬ姿になった登志が優しく答えてくれた。

「じゃ、ここに立って下さい……」

「ここ？」

清四郎に言われ、登志は顔の方に近づいてきた。

さすがに見上げられるのは恥ずかしいのか、豊かな乳房と股間は手で押さえていた。

「足を、私の顔に乗せて下さい……」

「まあ、そんなことを、どうして……」

言われて登志は目を丸くし、思わずビクリと身じろいだ。

「足を舐めてみたかったけど、昨日できなかったから」

「汚いわよ。それに今日も動き回って蒸《む》れているけど……」

「どうか、顔に」

「こう……？」

懇願すると、ようやく登志も片方の足を浮かせ、壁に手を突いて身体を支えながら、そろそろと足裏を彼の顔に乗せてくれた。

ひんやりした足の裏が、そっと額や鼻に触れてきた。

彼女も、恐らく生まれて初めてするであろう行為に、ガクガクと膝を震わせていた。

清四郎は舌を伸ばし、踵《かかと》から土踏まずを舐め回し、縮こまった指の間に下から鼻を割り込ませていった。そこは汗と脂《あぶら》にジットリ湿り、ムレムレになった匂いが濃厚に沁み付いていた。

彼は美女の足の匂いを貪り、刺激で鼻腔を満たしながら、やがて爪先にしゃぶり付いた。

順々に指の股にヌルッと舌を割り込ませると、

「あう……、駄目よ、汚いから……」

登志は呻きながらも拒まず、彼の口の中で唾液にまみれた指を縮めるだけだった。舐め尽くすと、もう片方の足も味と匂いを貪った。

しゃぶりながら見上げると、陰戸から溢れた淫水がムッチリした内腿に伝い流れるのが見えた。

やはり登志も、相当に淫気と興奮を高めているようだった。

ここへ来たのも、絵の様子を見る以上に、情交を求めてのことかも知れない。

「跨《また》いで、しゃがんで……」

清四郎が言いながら足首を摑み、顔を跨がせると、

「アア……、恥ずかしいわ、こんな格好……」

登志は喘ぎながら、ゆっくりとしゃがみ込んでくれた。

白い脹《ふく》ら脛《はぎ》と内腿がムッチリと張り詰め、透《す》けて見える細い血管も艶めかしかった。

そして熱気と湿り気の籠もる股間が鼻先に迫ると、登志は完全に厠《かわや》に入った形になった。清四郎は、厠を真下から見るのはこういう眺めなのかと感慨に耽ったものだ。

茂みの下の方は淫水の露を宿してキラキラとし、陰唇の間から溢れた蜜汁が内腿との間に糸を引いていた。

清四郎は豊満な腰を抱え、抱き寄せて下から顔を埋め込んでいった。

柔らかな茂みには、今日も汗とゆばりの匂いが生ぬるく籠もり、悩ましく鼻腔

を満たしてきた。

挿し入れて柔肉を舐めると、今日も淡い酸味の蜜汁が大量に溢れ、舌の動きをヌラヌラと滑らかにさせた。息づく膣口の襞を掻き回し、ツンと突き立って光沢を放つオサネまで舐め上げていくと、

「あう……！」

登志が呻き、思わずキュッと彼の顔に座り込んできた。

オサネを舐めるたび熱い淫水がトロトロと溢れ、彼は貪るようにすすった。

仰向けだから割れ目に自分の唾液が溜まることもなく、純粋に溢れて滴《したた》る様子が舌に伝わってくるようだった。

さらに白く豊満な尻の真下に潜り込み、顔中に双丘の丸みを受け止めながら、谷間の蕾に鼻を押しつけて嗅ぐと、淡い汗の匂いに混じり、やはり秘めやかな微香が悩ましく籠もっていた。

舌先でチロチロと蕾の襞を舐め、ヌルッと潜り込ませると、

「く……、駄目よ、そこは……」

登志は呻いて言いながら、モグモグと肛門を締め付けてきた。

やがて清四郎が充分に蠢かせてから舌を陰戸に戻すと、彼女も顔に跨がったま

ま身を反転させ、屈み込んで一物にしゃぶり付いてきた。

清四郎は奥歯を嚙み締め、快感に備えた。

登志は舌を這わせ、鈴口から滲む粘液を舐めとって亀頭を含み、熱い鼻息でふぐりをくすぐりながらスッポリと深く呑み込んできた。

四

「ああ……、気持ちいい……」

清四郎は暴発を堪えながら、唾液にまみれた幹をヒクヒク震わせて喘いだ。

登志も根元まで含んで舌をからめ、熱い息を股間に籠もらせながら執拗に吸い付いた。

彼も下からオサネを吸い、目の前で艶めかしく収縮する肛門を見上げ、充分すぎるほど高まってきた。

やがて登志は、昨日のことがあるから、一物を唾液に濡らすにとどめ、すぐにスポンと口を引き離してくれた。

清四郎も舌を引っ込めると、彼女は股間を引き離して身を起こし、向き直って跨がってきた。

「いい？　なるべく我慢するのよ……」

登志は上気した顔で囁き、唾液に濡れた先端を陰戸に受け入れ、ゆっくり腰を沈み込ませていった。

たちまち屹立した肉棒が、ヌルヌルッと滑らかな肉襞の摩擦を受けながら根元まで潜り込んでいった。

「アアッ……、いいわ、奥まで当たる……」

完全に座り込んだ登志が、顔を仰け反らせて喘ぎ、密着した股間をグリグリと擦りつけるように動かしてきた。

清四郎は温もりと感触を味わい、子を生んでいても実に締まりは良いのだなとあらためて思った。

登志が身を重ねてきたので、彼も顔を上げ、豊かな乳房に顔を埋め込んで乳首に吸い付いた。コリコリと硬くなった乳首を舌で転がすと、今日も胸の谷間や腋から甘ったるい体臭が漂ってきた。

「ああ……、気持ちいいわ……」

左右の乳首を交互に含んで舐め回すと、登志が熱く喘ぎ、徐々に腰を遣いはじめた。しかし彼が漏らさないよう、動きは弱めに、少しでも長く味わおうとしているようだった。

さらに清四郎は彼女の腋の下に顔を埋め、柔らかな腋毛に鼻を擦りつけ、濃厚な汗の匂いに噎せ返った。

充分に嗅いでから両手を回してしがみつき、僅かに両膝を立て、動きに合わせて小刻みに股間を突き上げていった。

大量に溢れる淫水が動きを滑らかにさせ、滴る分がふぐりから肛門の方まで濡らしてきた。そしてクチュクチュと淫らに湿った摩擦音も聞こえ、彼女の動きが速くなってきた。

清四郎も暴発を堪えながら、下から唇を求めると、登志も上からピッタリと重ね合わせてくれた。

柔らかな唇が密着し、彼は唾液の湿り気を味わいながら舌を挿し入れ、滑らかな歯並びを舐めた。

「ンン……」

すると登志も歯を開いて舌をからめ、熱く呻いて吸い付いてきた。

今日も美しい後家の吐息は甘い白粉臭の刺激を含み、嗅ぐたび甘美に胸に沁み込み、その刺激が悩ましく一物に伝わっていった。

「もっと唾を出して……」

「飲みたいの……？」

僅かに口を離して囁くと、登志も甘い息で答え、形良い唇をすぼめ、白っぽく小泡の多い唾液をトロトロと吐き出してくれた。

舌に受け止め、生温かな唾液を味わって飲み込み、うっとりと喉を潤した。

「アア……」

登志も興奮を高めて喘ぎ、さらに彼の口の周りや鼻の穴までヌラヌラと舐め回してくれた。

「ああ……、いきそう……」

清四郎は、肉襞の摩擦と甘い吐息、舌のヌメリに高まりながら口走った。

「も、もう少し我慢して……、ああ……、いい気持ち……」

登志が絶頂の波を待つように早口に囁き、腰の動きを激しくさせていった。

清四郎は美女の喘ぐ口に鼻を押しつけ、吐息と唾液の匂いに悩ましく鼻腔を満たしながら、とうとう昇り詰めてしまった。

「い、いっちゃう……、ああっ……！」

突き上がる絶頂の快感に全身を貫かれ、彼は口走りながら、熱い大量の精汁を勢いよくドクドクと奥深くにほとばしらせてしまった。

「あ、熱いわ……、いく……、アアーッ……！」

すると、辛うじて間に合い、登志も噴出を感じながら声を上ずらせ、激しく気を遣っていった。

ガクンガクンと狂おしい痙攣を開始し、膣内の収縮も最高潮にさせながら、彼女は熟れ肌を波打たせて悶えた。

清四郎は、大人の女の絶頂の凄まじさに圧倒されながら、心ゆくまで快感を貪り、最後の一滴まで出し尽くしていった。

すっかり満足して突き上げを弱めていくと、

「ああ……、すごく良かったわ……」

登志も言いながら、満足げに熟れ肌の強《こわ》ばりを解いて、グッタリと彼にもたれかかってきた。

まだ膣内は名残惜しげにキュッキュッと収縮を繰り返し、そのたびに射精直後の一物が刺激され、中でピクンと過敏に幹を跳ね上げた。

「あう……、まだ動いている……」

登志が感じすぎたように言い、キュッときつく締め上げてきた。

清四郎は全身に美女の重みと温もりを受け止め、湿り気ある甘い息を間近に嗅ぎながら、うっとりと快感の余韻を嚙み締めたのだった。

やはり口に出して飲んでもらうのも良かったが、こうして快感を分かち合う情交が最高なのだと実感した。

そして今日は、何とか登志を満足させることが出来たようで嬉しかった。

「一晩で、上手になったわよ。これからも、絵のために何でもするから遠慮なく言うのよ」

登志が息を弾ませて囁き、清四郎も感謝を込めて頷いた。

ようやく呼吸を整えると、登志がそろそろと身を起こして股間を引き離し、懐紙で互いの股間を拭った。

一人の手すさびと違い、生身の相手がいるというのは、空《むな》しく精汁の処理をしなくて済むというのも嬉しい発見であった。

やがて登志は身繕いをはじめた。本当は彼も、もう一回ぐらいしたいところだが、彼女も店があるので戻らないとならないのだろう。

清四郎も起き上がって身繕いをし、一緒に階下へ降りた。

「じゃ、この絵は持って帰るわ。もっといっぱい描いてね」

「はい。よろしくお願いします」

「それから別のお話だけど、あるお大名の姫様が、絵の描ける人をお屋敷に招きたいと言ってきたのだけれど」

「え……？」

言われて、思わず彼は聞き返した。

「お得意様なのだけれど、うちの役者絵を見て気に入ったらしいの。二十歳になる、小田浜《おだはま》藩の咲耶《さくや》姫。襖絵《ふすまえ》でも描いてもらいたいのかも知れないけれど、良ければ小梅が配達に行くから一緒に」

「は、はい。でもお大名は敷居が高いです。もっと名のある絵師の方が良いのでは……」

「気さくなお方だから大丈夫よ。清さんのことを話したら、是非にもと言っていたわ。では明日の朝にでも」

そう言い、登志は帰っていった。

清四郎は力を抜き、昨日以上に女を知ったという実感を嚙み締めたのだった。

五

「じゃ、行きましょうか」

翌朝、小梅が迎えに来てくれ、清四郎に言った。

彼も朝風呂を済ませ、身支度を調えて待っていた。一緒に外に出ると、二月末の風が心地よく、桜の蕾もだいぶ膨らんできた。

西の彼方《かなた》を見ると、富士の噴煙もだいぶ治まっていた。

宝永六年（一七〇九）春。噴火から一年余り経ち、この正月には綱吉《つなよし》が死に、家宣《いえのぶ》が将軍となった。生類憐《しょうるいあわ》れみの令も廃止され、鳥や鰻などを扱う店も開かれるようになった。

「小田浜の藩邸にはよく？」

「ええ、咲耶様がとってもうちの小物を気に入ってくれているの」

訊くと、包みを抱えた小梅が愛くるしい笑顔で答えた。

笑窪《えくぼ》と八重歯が可愛く、体つきも豊満な登志に似て、ムチムチと張りがあって実に健康そうだった。

もちろん正真正銘の生娘《きむすめ》だろうが、手習いの仲間たちとは際どい話もして、情交のことぐらい知っているに違いない。

それでも、登志と関係があると知ったら、いかに無邪気な小梅でも気分を害することだろう。

（もう、迷うことなく抱くことが出来るな……）

清四郎は、横目で小梅の横顔や肢体《したい》を見て思った。

そして、生娘の匂いや感触はどうであろうと思ううち、すっかり股間が熱くなってきてしまった。

また、そんなことでも思っていないと、大名屋敷を訪ねる緊張に目眩《めまい》を起こしそうだった。

「あそこです」

小梅が言って指した彼方に、塀に囲まれた大きな屋根が見えた。

小田浜藩、喜多岡《きたおか》家八万石、その上屋敷である。

彼女に連れられて裏口に回り、小梅が訪《おとな》うとすぐに戸が開けられた。出てきたのは女中頭らしい、登志より豊満な四十年配の美女だった。

「綾香《あやか》様、こんにちは」

「これは小梅、いつもご苦労。そちらは？」

「うちの店に置く役者絵を描いている清四郎さんです」

「ああ、聞いております」

女中頭、綾香が言って二人を中に招き入れてくれた。

勝手口から厨《くりや》を通過し、奥の座敷で待たされると、間もなく綾香とともに咲耶が入ってきた。

家臣でさえ滅多に会えないだろうに、こんなに簡単に姫君と対面できるのが不思議だった。それだけ、噂通りに気さくで、何かと外出しては気楽に桂屋にも立ち寄るのだろう。

清四郎は小梅とともに、額を畳に擦りつけんばかりに慌てて平伏した。

「良い、堅苦しい挨拶《あいさつ》は抜きに」

綾香が言い、恐る恐る顔を上げると咲耶が笑みを浮かべて彼を見つめていた。

「咲耶です」

「あ、清四郎と申します……」

言われて、彼は硬くなりながら小さく答えた。武家の、しかも大名の姫君と話すなど、当然ながら生まれて初めてである。

「では、ご注文の品を」

小梅が小間物を入れた包みを差し出すと、綾香が受け取り、代金を支払った。

「では清四郎とは絵の話をしますので」

「はい、私はこれにて失礼致します」

綾香が言うと小梅が答え、辞儀をして立ち上がった。すると咲耶も立ち上がって、まるで手習いの仲間のように見送りに行ってしまった。

小梅が帰ってしまうと、清四郎は急に心細くなってしまった。

すると残った綾香が言った。

「咲耶様は、間もなく嫁に出て行かれます。その前に、姫君の姿を絵に残しておきたいとの仰せです」

「そうでございますか」

ようやく、清四郎は納得した思いで答えた。

「しかし、私は師匠もおらず、我流の絵描きに過ぎません。もっと名のある絵師の方がよろしいのでは」

「いいえ、姫はそなたの役者絵を気に入った様子。名の有る無しは、どうでもよいことです」

「分かりました。では仕上がりを見た上でお決め下さっても構いませんので」

「では、こちらへ」

言うと、綾香が立ち上がり、彼も従った。そしていくつか廊下を曲がり、さらに屋敷の奥へ行くと、入った部屋には絵の道具が揃っていた。

すると間もなく咲耶も戻ってきて、豪華な綸子《りんず》の座布団に座った。

「ではお願いします」

綾香は言い、清四郎と咲耶を二人きりにして出て行ってしまった。

庭に面しているらしい障子越しに、春の柔らかな陽が射して明るかった。

紙を前にし、あらためて咲耶を見ると、やはり高貴で気品があり、この世のものとも思われぬ美しさだった。

二十歳と言うことだが、まだ小梅ぐらいの歳に見える。

目鼻立ちが整い、煌《きら》びやかな着物の中の肢体も、実に均整が取れてしなやかそうだった。

娘らしい可憐な簪《かんざし》も、やがて嫁せば出来なくなるのだろう。

「どのような形をすれば良いですか。描きやすいように」

咲耶が可憐な声で言った。

「はい、お疲れのないようお楽に。ではお身体はこのままで、お顔だけ少しこちらに」

清四郎は緊張しながら答え、やや斜めの描きやすい位置に自分で移動した。

そして紙に向かい、全体の姿を素描し、徐々に細部を書き込んでいった。

絵の具も豪華なものが揃っているので、次第に彼は緊張よりも嬉しさを覚え、夢中になって筆を走らせた。

こんな状況でなければ、しげしげと姫君の美しい顔を見つめるなどということも出来ないだろう。

咲耶はじっとしたまま疲れた様子も見せず、微かな笑みを含んだまま、人形のように表情を変えることもなかった。

やがて一刻（約二時間）ほど集中して描いていると、午の刻（正午）の鐘が鳴った。

「少し休みましょう」

咲耶が、一向に疲れていない様子で言った。清四郎も筆を置くと、急に疲れを覚えた。

すると襖が開いて綾香が呼んだ。

「清四郎。昼餉を」

「は、はい、申し訳ありません……」

咲耶に辞儀をして立ち上がり、彼はいったん部屋を出た。そしてさっきの部屋に戻ると、折敷に昼餉が仕度されていた。

「頂戴します」

清四郎が言うと、すぐに綾香も出て行き、彼は落ち着いて豪華な昼餉を味わうことが出来た。飯に干物に吸物、煮付けに漬け物で、久しぶりに旨いもので腹を満たした。

頃合いを見て綾香が戻り、茶を淹《い》れてくれ、空膳を下げた。

そして休んで落ち着くと、清四郎は厠を借りて手を洗い、また姫の部屋へと戻った。

咲耶も昼餉を終え、さっきと同じ形を取ってくれた。寸分違わぬ姿になったので、直す必要もなく、すぐに彼は筆を執り作業を再開させた。

さらに一刻ほど描くと、一段落したので清四郎は顔を上げた。

「お疲れでしょう。今日はこのあたりで」

「分かりました」

彼が言って筆を置くと、咲耶も答えたものの力を抜く様子もなく、そのままの姿勢だった。どうやら彼女は全く疲れておらず、最初からごく自然な形で座っていただけらしい。

「清四郎は、いくつですか」

咲耶が、静かな口調で訊ねてきた。

「は、十八です」

「そう、女を知ったばかりですね」

「え……？」

姫君に言われ、清四郎は目を丸くして絶句した。

「な、なぜ……」

「分かってしまうのですよ。それより、気を通じた方が絵筆の乗りも違うでしょう。こちらへ」

咲耶が言って立ち上がり、次の間に彼を誘った。恐る恐る従うと、そこには何と床が敷き延べられていたのだ。

そして咲耶がくるくると帯を解きはじめ、清四郎は度肝を抜かれた。

「ひ、姫様。何をなさいます……」

「淫気を催しました。嫁してのちは出来ないでしょう。姫でいるうち、そなたを最後の男に選びたいのです」

「そ、そんな……」

清四郎は思わず周囲を見回した。ここも障子越しに陽が射して明るいが、いつ綾香が来ないとも限らない。いかに姫の意向とは言え、美しいが恐くて厳しそうな綾香が許すはずがなかった。

すると咲耶が、彼の懸念を見透かしたように言った。

「大丈夫、綾香は来ません。他の誰もここには。さあ、早く脱いで」

着物を脱ぎ、襦袢の前を開いた咲耶が促した。

「は、はあ……」

清四郎は、夢でも見ているように身も心もふわふわとし、まるで姫君の気に操られるように帯を解いて、着物を脱ぎはじめてしまった。

大名の屋敷で、姫君とこのようなことになるなど、この世のいったい誰が想像するだろうか。

たちまち咲耶は一糸まとわぬ姿になり、先に布団に横たわった。

清四郎も腹掛けから下帯まで脱ぎ去り、全裸で恐る恐る傍らに座った。

見ると咲耶の肌は透けるように白く、乳房も形良く、股間の翳りも楚々《そそ》とし、上品に甘い匂いが生ぬるく揺らめいた。

「さあ、ここへ」

咲耶が手を伸ばして彼の手を握って引き寄せ、清四郎もそのままゆっくりと添い寝していったのだった。

第二章　姫の花弁は熱く濡れて

一

「あ、あの、なぜ女を知ったばかりとお分かりに……」

「自然に分かるのです。私は淫法使いですので」

「いんぽう……？」

「男女の和合を掌《つかさど》る術です」

咲耶が、添い寝しながら清四郎に言った。

あとで知ると、淫法とは男女の快楽を追求する術のようだ。例えば戦乱の世に敵方を色仕掛けで攻略したりする。その中には暗殺の方法もあるという。そして平時には、淫気の薄い殿様をその気にさせる、様々に淫《みだ》らな手練手管《てれんてくだ》があるようだった。

それを使う咲耶は、単なる大名の姫ではなく、小田浜藩の領地である箱根山中にある姥山《うばやま》という、忍の里の血筋らしい。

とにかく話よりも、彼女は行動を起こした。

「ああ、何と可愛い……、一目見たときから気に入りました……」

咲耶は身を起こし、仰向けの清四郎に近々と顔を寄せて囁《ささや》いた。

熱い視線とともに、湿り気ある息が甘酸っぱく香り、悩ましく鼻腔を刺激してきた。

清四郎は、ただ身を硬くし、胸を高鳴らせるばかりだった。

すると彼女が上からピッタリと唇を重ね、長い舌をヌルッと潜り込ませてきたのだ。

「ク……」

清四郎は驚き、柔らかな感触と果実臭の息に、次第に溶けてしまいそうに身の硬さが解けていった。そして、うっとりする身体とは裏腹に、一物《いちもつ》ははち切れそうに勃起した。

咲耶の舌が彼の口の中を、隅々《すみずみ》までクチュクチュと舐《な》め回し、生温かな唾液が流れ込んできた。

甘酸っぱい息を嗅ぎながら小泡の多い粘液を飲み込むと、甘美な悦《よろこ》びが胸いっぱいに広がり、武家屋敷という恐怖や緊張も、たちまち薄れていった。

舌をからめると滑らかな感触が蠢《うごめ》き、彼も舌を潜り込ませて美しい姫君の口の中を探った。

「ンン……」

咲耶が熱く鼻を鳴らし、チュッと吸い付いてくれた。

清四郎が、うっとりと美女の唾液と吐息に酔いしれると、ようやく唇が離れ、咲耶は彼の頬に舌を這わせ、耳たぶをそっと噛み、耳の穴にも舌を挿《さ》し入れてクチュクチュ動かした。

「ああ……」

清四郎は、ビクリと肩をすくめて喘《あえ》ぎ、まるで頭の中まで舐められているような快感に悶《もだ》えた。

さらに咲耶が舌を這わせ、彼の首筋から胸へ舐め下り、左右の乳首を交互に舐めては強く吸い、たまにキュッと綺麗な歯で噛んでくれた。

「あう……、気持ちいい、どうかもっと強く……」

彼がせがむと、咲耶もキュッキュッと歯を立て、甘美な刺激を与えてくれた。

そして腹から腰、太腿、脚へと舐め下りていった。

「アア……、ひ、姫様、いけません……」

清四郎が驚いて言う間もなく、彼女は足首を摑んで浮かせ、足裏にも舌を這わせてきたのだ。

爪先にもしゃぶり付いてくれ、指の股を全て舐め、もう片方も同じようにしてくれた。まさか大名の姫君に、足指までしゃぶられるなど夢にも思っていなかったことだ。

咲耶は厭《いと》うことなく、念入りに両足とも全ての指の間をしゃぶり、生温かく清らかな唾液にまみれさせてくれた。

そして爪の先を嚙み、さらに彼の足裏を柔らかな乳房に押しつけ、コリコリする乳首で刺激した。

「ああ……、どうか、もう……」

清四郎は畏《おそ》れ多さに声を震わせ、勃起した一物をヒクヒク上下させた。

すると咲耶も彼の足を下ろし、大股開きにさせて脚の内側を舐め上げてきた。

両膝の間に顔を割り込ませて進め、内腿を舐め、たまに綺麗な歯でキュッと嚙みながら、いよいよ股間に熱い息を籠もらせた。

さらに驚くことに、咲耶は彼の両脚を浮かせ、尻の谷間に舌を這わせてきたのである。

チロチロと舌先で肛門を舐め、充分に濡らしてからヌルッと潜り込ませた。

「あう……、ひ、姫様……」

清四郎は驚きと快感に呻《うめ》き、モグモグと肛門で姫君の舌を締め付けた。

長い舌が奥まで侵入して蠢き、熱い鼻息がふぐりをくすぐった。

咲耶は充分に味わってからヌルリと引き抜き、彼の脚を下ろしながらふぐりにしゃぶり付いてきた。

唾液に濡れた舌で二つの睾丸を転がし、袋全体を満遍なく舐めると、とうとう肉棒の裏側をペローリとゆっくり舐め上げてきた。

「く……！」

舌先が先端に達すると、清四郎は暴発を堪えて呻いた。

咲耶は鈴口から滲《にじ》む粘液を舐め取り、張りつめた亀頭を含み、スッポリと喉の奥まで呑み込んでいった。

「アア……、き、気持ちいい……」

清四郎は畏れ多い快感に喘ぎ、姫君の口の中で幹を震わせた。

咲耶は深々と含みながら熱い鼻息で恥毛をそよがせ、可憐な唇で幹の付け根を丸く締め付け、頬をすぼめて吸ってくれた。

内部ではクチュクチュと舌がからみつき、たちまち一物は姫君の清らかな唾液に生温かくどっぷりと浸った。

さらに彼女が小刻みに顔を上下させ、濡れた口でスポスポと強烈な摩擦を開始してきたのだ。

「ああ……、い、いきそう……」

清四郎は急激に絶頂を迫らせて口走り、降参するように腰をよじった。

いったい姫君が、このように淫らな愛撫をするものなのだろうか。

しかし咲耶は一向に濃厚な愛撫を止めることなく、次第に彼も朦朧《もうろう》となり、このまま姫君の口を汚してしまいたい衝動に駆られた。

おそらく、そのようなことを出来る町人など自分だけだろう。そんな希有《けう》な体験のためには、手討ちにされても構わないと思えるほど、そのときの快楽は絶大なものであった。

そう思うと居直ったように力を抜いて愛撫を受け止め、さらに自分からもズンズンと小刻みに股間を突き上げはじめてしまった。

　喉の奥を突かれるたび咲耶が小さく呻き、新たな唾液を溢《あふ》れさせて摩擦を強めてくれた。

「い、いく……、アアッ……！」

　とうとう清四郎は、溶けてしまいそうな大きな絶頂の快感に全身を包まれ、熱く喘ぎながら昇り詰めてしまった。同時に、ありったけの精汁が勢いよくドクンドクンとほとばしった。

「ク……」

　喉の奥を直撃され、咲耶が小さく呻き、それでも舌の蠢きと吸引、口の摩擦を続行してくれた。

　武家の美女、しかも八万石の大名の姫君の口の中に射精する快楽は、身震いするほど大きく、その瞬間だけは、もう死んでも良いと思えるほど心地よいものであった。

　しかも射精している間、咲耶がチューッと強く吸ってくれるものだから、ドクドクと脈打つ調子が無視され、何やらふぐりから直接吸い出され、魂まで抜けてしまうような快感があった。

「ああ……、姫様……」

清四郎は最後の一滴まで出し切り、声を洩《も》らしながら、反り返った身体から力を抜いてグッタリと四肢を投げ出した。

ようやく咲耶も吸引と舌の蠢きを止め、亀頭を含んだまま口に溜まった大量の精汁を喉に流し込んでくれた。

「あう……」

ゴクリと喉が鳴って飲み込まれるたび、口腔がキュッと締まって駄目押しの快感が突き上がった。

全て飲み干すと、咲耶はチュパッと軽やかな音を立てて口を離し、なおもしごくように幹を握り、鈴口に脹らむ余りの雫《しずく》まで丁寧に舐め取ってくれた。

「ど、どうか、もう……」

清四郎は射精直後で過敏になっている幹をヒクヒクと震わせ、降参するように腰をよじって言った。

咲耶も舌を引っ込めて顔を上げ、チロリと舌なめずりした。

その、あまりに艶《なま》めかしい表情に、またすぐにも彼はムクムクと回復しそうになってしまった。

「さあ、今度は清四郎が私を好きにして……」

咲耶が言って添い寝をし、彼は余韻に浸る余裕もなく、激しい淫気に突き動かされて身を起こした。

そして真っ先に、姫君の足の方へ移動し、白く綺麗な足裏に舌を這わせ、指の股に鼻を割り込ませて嗅いだ。

そこは汗と脂《あぶら》に生ぬるく湿り、蒸《む》れた匂いが馥郁《ふくいく》と籠もっていた。

清四郎は爪先にしゃぶり付き、順々に指の股に舌を潜り込ませていった。

二

「ああ……、いい気持ち……」

咲耶がうっとりと喘ぎ、清四郎の口の中で唾液に濡れた爪先を縮めた。

清四郎は隅々まで姫君の指を賞味し、もう片方の足も味と匂いが薄れるまで貪《むさぼ》った。

そして脚の内側を舐め上げ、両膝の間に顔を割り込ませて内腿を舐め、熱気の籠もる股間へと顔を進めていった。

咲耶の脚はスラリと長くしなやかで、どこもスベスベと滑らかで、ムッチリした内腿も思い切り嚙みつきたい衝動にすら駆られた。

陰戸《ほと》を見ると、ぷっくりした丘には楚々《そそ》とした茂みが柔らかそうに煙り、丸みを帯びた割れ目からはみ出した桃色の花弁は、ネットリとした蜜汁に熱く潤《うるお》っていた。

指を当てて左右に広げると、微かにクチュッと湿った音がして、中身が丸見えになった。

襞《ひだ》の入り組む膣口は大量の淫水にまみれて息づき、ポツンとした尿口の小穴も見え、ツヤツヤとした光沢あるオサネも愛撫を待つように包皮を押し上げ、ツンと突き立っていた。

清四郎は、自分がしてもらったように、まず咲耶の両脚を浮かせ、白く形良い尻の谷間から顔を迫らせていった。

可憐な薄桃色の蕾《つぼみ》が、キュッと襞を閉じ、鼻を埋めると顔中に双丘の丸みが密着してきた。

蕾には、秘めやかな微香が籠もり、悩ましく鼻腔を刺激してきた。

清四郎は姫君の匂いを貪るように嗅いでから、舌を這わせていった。

細かな襞をチロチロと舐めて充分に濡らし、尖らせた舌先をヌルッと潜り込ませると、

「あう……」

咲耶が小さく呻き、キュッと肛門で締め付けてきた。

彼は滑らかな粘膜を味わい、舌を出し入れさせるように蠢かせた。

鼻先で息づく陰戸からは、生ぬるく甘ったるい匂いが漂い、やがて清四郎は舌を引き抜き、脚を下ろしながら割れ目に舌を這わせていった。

膣口の襞をクチュクチュと掻き回し、トロリとした淡い酸味の蜜汁をすすりながら、コリッとしたオサネまで舐め上げていくと、

「アア……、いい気持ち……」

咲耶が顔を仰《の》け反《ぞ》らせて喘ぎ、白い下腹をヒクヒクと波打たせた。

茂みに鼻を擦りつけて嗅ぐと、甘ったるい汗の匂いが濃厚に鼻腔を満たし、ほのかな残尿臭も悩ましい刺激を与えてきた。

姫君も、町人の登志もそれほど違わない匂いだと思った。

とにかく清四郎は咲耶の体臭を貪り、蜜汁をすすりながらチロチロと弾くようにオサネを舐め回した。

「い、入れて、清四郎……」

喘いでいた咲耶が言い、さらに大股開きになってくれた。

清四郎も、充分に姫君の味と匂いを堪能してから身を起こし、股間を進めていった。

自分が上になって良いものかと思ったが、咲耶もすっかり受け入れる体勢になって股を開いていた。

すっかり一物も、もとの硬さと大きさを取り戻していた。

幹に指を添え、先端を濡れた割れ目に擦りつけ、ヌメリを与えながら位置を定めていった。

そしてグイッと股間を押しつけると、張りつめた亀頭が潜り込み、あとは滑らかにヌルヌルッと根元まで吸い込まれていった。

「ああ……、いいわ……」

咲耶がキュッときつく締め付けて言い、清四郎も股間を密着させたまま、温もりと感触を味わいながら脚を伸ばし、身を重ねていった。

まだ動かず、彼は屈み込んで綺麗な桃色の乳首に吸い付き、舌で転がしながら柔らかな膨らみに顔を押しつけていった。

乳房は実に形良く、若々しい張りと弾力に満ちていた。

清四郎はもう片方の乳首も含んで舐め回し、左右とも存分に味わってから、姫君の腋の下にも顔を埋め込んでいった。

和毛《にこげ》の隅々にも、甘ったるい汗の匂いが濃く籠もり、彼はかぐわしい体臭に酔いしれながら徐々に腰を突き動かした。

「アア……、もっと強く……」

咲耶が下から両手を回して喘ぎ、ズンズンと股間を突き上げはじめた。

清四郎も、ぎこちなかった抽送が次第に互いに一致し、溢れる淫水のヌメリも手伝い、クチュクチュと滑らかに律動できるようになっていった。

肉襞の摩擦が何とも心地よく、彼はさっきの射精など無かったかのように急激に高まり、果てそうになると動きを弱め、また呼吸を整えてから動きを再開し、それを繰り返した。

「い、いきそうよ、気持ちいい……」

咲耶が熱く喘ぎ、清四郎も遠慮なく肌を密着させて体重を預けた。

胸の下で張りのある乳房が押し潰れて弾み、恥毛が擦れ合い、コリコリする恥骨の膨らみも股間に伝わってきた。

動きに合わせ、ピチャクチャと淫らに湿った摩擦音も聞こえ、彼は姫君の喘ぐ口に鼻を押しつけた。

乾いた唾液の香りに混じり、熱く甘酸っぱい芳香の息が鼻腔を満たし、その湿り気が悩ましく胸に沁み込んできた。その吐息の刺激が胸から一物に伝わり、彼の腰の動きが速まっていった。

姫君の口の匂いを胸いっぱいに嗅いでから、唇を重ねて舌をからめた。

「ンンッ……！」

咲耶は彼の舌にチュッと強く吸い付きながら熱く呻き、股間の突き上げに勢いをつけてきた。

清四郎も、いつしか股間をぶつけるように突き動かし、姫君の唾液と吐息を吸収しながら高まると、とうとう我慢しきれず昇り詰めてしまった。

「く……！」

突き上がる絶頂の快感に呻き、熱い大量の精汁をドクンドクンと勢いよく柔肉《やわにく》の奥に放つと、

「い、いく……、アアーッ……！」

咲耶が口を離して仰け反り、声を上ずらせて喘いだ。

同時に膣内の収縮もキュッキュッときつくなり、彼女は弓なりになったままガクガクと狂おしく腰を跳ね上げた。

どうやら本格的に気を遣ってしまったらしい。

清四郎は心置きなく最後の一滴まで出し尽くし、徐々に動きを弱め、彼女の上にもたれかかっていった。

咲耶も何度か身を反らせ、彼を乗せたまま腰を上下させていたが、次第に満足げに動きを止め、グッタリと身を投げ出していった。

膣内の収縮がまだ続き、刺激されるたび清四郎自身がヒクヒクと内部で過敏に反応した。

そして彼は、姫君の喘ぐ口に鼻を押しつけ、甘酸っぱい果実臭の息で鼻腔を満たして嗅ぎながら、うっとりと快感の余韻を嚙み締めたのだった。

彼女は目を閉じ、満足げに荒い呼吸を繰り返していた。

清四郎も、いつまでも乗っていると悪いので股間を引き離して身を起こし、枕元にあった懐紙を取り、手早く一物を拭き清めてから、姫君の陰戸も優しく拭ってやった。

「もう良いです。あとは自分で……」

咲耶が言って起き上がり、陰戸の処理をして身繕いをした。

「はあ、このようなこと、よろしいのでしょうか……。近々お輿入れと伺いましたが……」

激情が過ぎ去ると、清四郎は急に恐ろしくなって言った。

「構いません。清四郎との情交は、私が望んだことです。でも、婚儀の方は私が望んだわけではありません。まだ顔も知らぬ相手だし、家同士で決めたことですので……」

咲耶が寂しげに言う。大名の姫君には、庶民に分からない、それなりの悩みがあるのだろう。

「さあ、では絵の続きを……」

言われて、清四郎も手早く身繕いをした。

着物を着た咲耶は髪を整えると、また隣室に戻り、元の位置に座った。不思議にピタリと元の姿勢になり、清四郎も感心しながら筆を執った。

そして二人は、日が傾く頃まで絵の制作に没頭すると、ようやくその日の作業を終えた。

清四郎は、豪華な尾頭付きの夕餉を馳走《ちそう》になり、長屋に帰ったのだった。

三

「おや、また仕上がってるね。良い出来だよ」

翌日の昼前、登志が来て清四郎の春画を見ながら言った。肌を重ねてから、すっかり気さくな話し方になっていた。

清四郎は、咲耶の絵を描きに行くのは昼過ぎと約束していた。昼前は、登志に頼まれた春画にかからなければならないからだ。

しかし登志のみならず、二十歳の咲耶の肌を知ったため、春画の方も女の描き方が洗練されてきたようだ。

「実はね、話があるのだけれど」

急に、登志が改まった口調になって切り出した。

「はあ、何でしょう」

「ゆうべ、うちの小梅に縁談の話が舞い込んでね」

「そうですか……」

言われて、清四郎は心の臓を摑まれたような衝撃を受けた。

何しろ以前から心密かに、小梅の婿養子になって桂屋に入るという望みを持っていたからだ。

「知り合いのご隠居から、薬種問屋の三男坊を入り婿にどうかと言われて、じっくり小梅と話し合ったの。思う人でもいないのなら、この話を受けようかどうかって」

「ええ……」

「そうしたら小梅は、清さんが好きなのだって言ったわ」

「え……？」

登志の言葉に、清四郎は目を丸くした。

「清さんと二人で、そうした話をしたことはないようだけれど、小梅は清さんを思っているらしく、どうだろうねえ。私と懇《ねんご》ろになってしまったけれど、それでも良ければ考えておくれでないかい？」

「そ、それは……、私も心の中で、嫁にするなら可愛い小梅ちゃんだったらいいなと思っていましたので……」

「そう！　ならばご隠居の話はお断りするから、小梅と一緒になるということで進めて構わないね？」

「は、はい。私でよろしければ、よろしくお願い致します……」

清四郎は言い、急に目の前が明るくなったような気持ちで頭を下げていた。

家も財産もないが、彼の絵の腕なら今後とも桂屋で売れるし、何しろ若い二人が思い合っているなら問題はないようだった。

そして登志も、清四郎に筆下ろしをしてしまったことも、それほどこだわっている様子はない。

むろん清四郎も同じで、むしろ小梅を妻にしながら、たまに女房の目を盗んで熟《う》れた姑とも快楽を分かち合えればという、虫の良い思いも頭の中に芽生えてしまった。

「家の方のお許しは？」

「そんなもの要りません。私など居ないことになっているようですし、手紙を書いて報告すれば、それで万事済みます」

聞かれて、清四郎は答えた。

実家の方も兄夫婦の子供たちで手狭になっているし、次男も三男も近在の商家や農家に婿に行っているのだ。

「そう、では近々にでも小梅とよく話し合っておくれ」

「分かりました」

清四郎が答えると、それで登志は出来た分の春画を持って帰っていった。

さすがに娘婿になる男となると、そうそう情交するのも控えようと思ったのかも知れない。

それに清四郎も、これから出かけるので好都合だった。

やがて彼は昼餉《ひるげ》を済ませると、すぐに出て小田浜藩邸に行った。

勝手口から訪ねると、また綾香が出迎えてくれ、奥の座敷に通された。

すでに絵の道具も揃って描きかけの絵が置かれ、咲耶も昨日と同じ着物で座って待っていてくれた。

「お待たせ致しました」

平伏して言い、清四郎は絵筆を執った。そして続きを描き、咲耶も柔和《にゅうわ》な表情のまま微動だにしなかった。

今日は情交にはならないまま、日が傾いてきた。

すると綾香が静かに入ってきた。

「いかがでしょう。まあ、たいそうに良い出来ですね」

彼女が、絵を覗き込んで言う。

「ええ、ご覧の通りお顔と身体は全て描けましたので、あとは姫様を煩《わずら》わせることなく、着物や帯の文様など、家へ持ち帰って仕上げたいと思いますが、いかがでございましょう」

「では、そのように致しましょう。いま荷の仕度を」

綾香が言い、木箱を持ってきて絵の具や筆を入れ、清四郎も描きかけの絵を大切に丸めた。

「では姫様、これにて」

退出する咲耶に辞儀をして言い、清四郎も荷を持って部屋を出た。

すると、また夕餉を呼ばれ、彼が藩邸を出たのは日の没する暮れ六つあたりだった。

絵や絵の具箱を大切に抱えて歩くので、綾香も一緒に来てくれ、半分持ってくれた。

「申し訳ありません」

「良いのですよ」

綾香が言い、川沿いの道を進むと、そこへいきなりバラバラと数人の男たちが出てきて、二人の行く道を遮った。

「金持ちそうだな。有り金を出せ」

「どきなさい。痴れ者たちめが」

凶悪な顔つきをした破落戸《ごろつき》たちに言われ、清四郎は恐怖に震え上がったが、綾香は落ち着いて答え、彼に自分の荷を手渡した。

「なにい、この女。生意気抜かすと怪我するぞ」

一人が言うと、みな一斉に匕首《あいくち》を抜き放ち、夜目にも刃がキラリと不気味に光った。全部で三人。

しかし綾香は、いち早く手近な男に迫り、匕首を握った手首を素早くひねってくるりと身を翻した。

「ぐわッ……！」

男は奇声を発し、そのまま一回転して川に叩き落とされていた。

派手な水音に清四郎はビクリとし、残りの連中が顔色を変えて綾香に突きかかっていった。

思わず肩をすくめたが、綾香は一人目の鬢《びん》を嫌と言うほど思い切り張った。

「わっ……！」

パーンと激しい音がして、男は吹っ飛んだ。

さらにもう一人の刃をかわした綾香は後ろに回り、襟首と腰の帯を掴むなり、頭上高々と持ち上げた。そして容赦なくぶん投げると、

「うひゃーっ……！」

男は悲鳴を上げながら放物線を描き、そのまま川に真っ逆さまに叩き込まれていった。

髷を叩かれた男は半身を起こしたが恐れをなし、そのまま後も見ず一目散に逃げ去っていった。

「さあ、行きましょう」

綾香は息一つ切らさずに言い、清四郎から自分の荷を受け取ると平然と歩きはじめた。

「す、すごいですね……、驚きました……」

彼は声を震わせて言い、震える膝を懸命に立て直して一緒に歩いた。

女中頭でさえこれほどの手練れなのだから、やはり武家というのはすごいものだと思った。

やがて長屋に着くと、清四郎は荷を置き、竈《かまど》の残り火から行燈《あんどん》を点けた。

「ほう、春画ですか」

綾香が、描きかけの絵を見て言う。

「あ……、申し訳ありません。姫様の絵を描く私が春画など……」

「構いません。たつきの道に隔てはないでしょう。それより床は二階ですか」

「は、はい……、何か……」

聞くと、綾香は戸を閉めて内側から心張り棒を嚙ませた。

「では上へ行き、一戦交えましょう。春画描きなら、少しでも多くの女を知るに越したことはありません」

「え……」

清四郎が目を丸くすると、綾香は勝手に行燈の灯を手燭に移して持ち、階段を上がっていった。

彼もあとから従うと、彼女は二階の行燈に灯を移してから、手早く帯を解きはじめたのだった。

「あ、綾香様……」

「さあ、そなたも脱いで。それとも私が相手では嫌ですか」

「滅相も……」

言われて、清四郎も慌てて帯を解き、急激に淫気を催しはじめた。

綾香は太り肉の四十年配だが、何しろ顔立ちの整った美形だ。情交するのに否《い》やはないが、咲耶と言い綾香と言い、武家でもこれほど簡単に淫気に燃え上がるものなのだろうかと思った。

そしてみるみる熟れ肌を露わに脱いでゆく綾香を見て、さらに清四郎は度肝を抜かれることになるのであった。

四

「な、なぜ……」

清四郎は目を丸くし、綾香を見て絶句した。

彼女は何重にも巻いた晒しを解き、口から何かを出して懐紙に包み、一糸まとわぬ姿になって振り返ったのだ。

その肢体《したい》はほっそりと引き締まり、顔も細面《ほそおもて》の美女となっているではないか。

四十を出たぐらいの印象だったが、さらに十歳は若返った感じだ。

「女中頭の綾香とは仮の姿で、これが本当の私です。名は、鞘香《さやか》」

「さ、鞘香様……?」

「咲耶の母です」

「え……！」

言われて、清四郎は何が何やら分からなくなった。では鞘香は、先代の藩主の側室だったのだろう。それがなぜ女中頭の姿をし、母娘であることを秘しているのかも謎だった。

「さあ早く脱いで」

促され、彼も下帯まで解いて全裸になった。

すると鞘香が手を取り、一緒に布団に横たわった。

そんな身分の人を、このような煎餅布団《せんべいぶとん》で良いものかと思ったが、彼女は全く気にしていないようだ。

「どうにも、咲耶が手を出した男は、食べないと気が済まなくなります」

「う……」

どうやら鞘香は、清四郎が咲耶と情交したことも知っているようだ。

「さあ、好きなように存分に」

鞘香が優しく腕枕して囁き、清四郎も混乱より淫気に専念し、柔らかな熟れ肌と甘ったるい体臭に包まれた。

目の前に豊かで張りのある乳房が迫り、彼は吸い寄せられるように、色づいた乳首にチュッと吸い付いていった。

もう片方の乳首に指を這わせながら舌で転がすと、

「ああ……」

鞘香がうっとりと喘ぎ、うねうねと熟れ肌を波打たせはじめた。

彼女は清四郎の顔を抱きながら仰向けになり、彼も自然にのしかかって、もう片方の乳首も含んだ。

豊かな膨らみに顔中を押しつけると、何とも柔らかな感触に包み込まれ、甘く上品な匂いが胸元や腋から漂ってきた。

左右の乳首を交互に吸い、充分に舐めてから彼女の腕を差し上げ、腋の下にも顔を埋め込んでいった。

色っぽい腋毛《わきげ》に鼻を擦りつけると、さらに甘ったるい乳に似た匂いが濃厚に籠もり、悩ましく胸に沁み込んできた。

何度も鼻腔を満たして嗅いでも、鞘香は嫌がることもなく、じっと身を投げ出していてくれた。やがて美女の体臭を心ゆくまで嗅ぎ、清四郎は滑らかな肌を舐め下りていった。

張りのある腹部に顔を押しつけると、心地よい弾力が伝わってきた。

太った衣装を身にまとっていても、軽やかな動きで破落戸三人を苦もなく一掃したのだから、このしなやかな肉体の内には、限りない力と技が秘められているのだろう。

さらに形良い臍《へそ》を舐め、滑らかな下腹から腰、引き締まった太腿を舌でたどっていった。

やはり肝心な部分に行くとすぐ済んでしまうので、少しでも隅々まで味わっておきたかった。

脚を舐め下り、身を起こして足首を摑んで浮かせ、顔中を足裏に押しつけて舌を這わせた。指の股に鼻を押しつけて嗅ぐと、やはり汗と脂に湿って蒸れた匂いが籠もっていた。

清四郎は美女の足指の匂いを貪り、爪先にしゃぶり付いて全ての指の間を舐め回し、もう片方も念入りに味わった。

「ああ……、いい気持ちよ……」

鞘香が喘ぎ、彼の口の中でキュッと舌を挟み付けてきた。

清四郎は再び腹這い、美女の脚の内側を舐め上げていった。

彼女も両膝を開き、受け入れる体勢になってくれた。

清四郎は顔を進め、白くムッチリとした内腿を舐め上げ、熱気と湿り気の籠もる股間に鼻先を寄せた。

柔らかそうな恥毛が程よい範囲に茂り、割れ目からはみ出した陰唇《いんしん》も興奮に色づき、ネットリとした蜜汁に潤っていた。

指を当てて広げると、かつて咲耶が生まれ出てきた膣口が襞を花弁状に入り組ませて息づいていた。そういえば、登志の陰戸を見たときも、かつて小梅が出てきたと思ったものだ。

二組の美しい母娘と縁を持つとは、何と不思議な巡り合わせになったものだと彼は思った。

包皮の下から突き立つオサネは大きめで、亀頭の形をしてツヤツヤと綺麗な光沢を放っていた。

清四郎は顔を埋め込み、茂みに鼻を擦りつけ隅々に籠もる汗とゆばりの匂いに噎《む》せ返った。美女というのは、どうして自然のままで芳香になってしまうのだろうと思った。

何度も吸い込んで胸を満たし、やがて舌を挿し入れていった。

滑らかな柔肉は淡い酸味のヌメリに満ち、後から後から泉のように溢れ、すぐにも舌の動きがヌラヌラと滑らかになった。

膣口からオサネまで舐め上げると、

「アア……、そこ……」

鞘香が顔を仰け反らせ、内腿で彼の顔を挟み付けながら喘いだ。

やはり藩主の側室だろうと町家の後家だろうと、感じる部分に変わりはないようだった。

上唇で包皮を剝き、完全に露出した突起に吸い付くと、

「いい……、もっと強く……」

鞘香が声を上ずらせてせがみ、彼も吸引を強めては溢れる淫水をすすった。

さらに両脚を浮かせ、白く丸い尻の谷間に鼻を埋め込むと、弾力ある双丘がキュッと心地よく密着した。

薄桃色の蕾には、汗の匂いに混じって秘めやかな微香が馥郁と籠もり、悩ましく鼻腔が刺激された。

チロチロと舌を這わせて襞を濡らし、ヌルッと潜り込ませて粘膜も味わった。

すると鞘香が腰をくねらせて寝返りを打ち、四つん這いになっていった。

「入れて、後ろから……」

鞘香が言い、尻を持ち上げて突き出した。

清四郎も顔を上げ、身を起こして膝をつき、股間を進めていった。

後ろ取り（後背位）は初めてなので、彼は新鮮な気分で後ろから先端を膣口に押し当てた。

強くて美しい鞘香が、尻だけ高く持ち上げているという無防備な体勢が実に興奮をそそった。

感触を味わいながらゆっくり挿入《そうにゅう》すると、やはり向かい合わせでの挿入とは肉襞の摩擦快感が微妙に異なっているようだ。

ヌルヌルッと根元まで押し込むと、尻の丸みが股間に当たって弾み、これが後ろ取りの醍醐味《だいごみ》かと実感しながら快感を嚙み締めた。

「ああ……、いい気持ち……」

鞘香が顔を伏せて喘ぎ、白く滑らかな背中を反らせた。

清四郎は深々と挿入し、美女の温もりと感触を味わった。

そして豊かな腰を抱えて小刻みに腰を突き動かし、さらに背中に覆いかぶさり両脇から回した手で乳房を揉みしだいた。

下腹部全体に尻の丸みを感じ、髪に鼻を埋めて甘い匂いを嗅ぎ、襞の摩擦と膣内の収縮に高まっていった。

「待って、まだ我慢して……」

鞘香が言い、挿入したままゆっくりと身体を横向きにさせていった。

清四郎もいったん身を起こし、彼女の下の脚を跨《また》いだ。

すると彼女が上の脚を真上に差し上げたので、彼は両手でしがみつき、なおも腰を遣った。

松葉くずしの体勢だと、互いの股間が交差して密着感が増し、陰戸と膣内の感触のみならず内腿の肌触りも得られて心地よかった。

突き入れるたび新たな蜜汁が湧き出し、割れ目から内腿までヌルヌルになって律動が滑らかになった。

さらに鞘香が体勢を変え、仰向けになっていった。

清四郎は挿入したまま後ろ取りから本手《ほんて》まで変化し、あらためて身を重ねていった。

胸で乳房を押しつぶし、恥毛を擦り合わせて腰を遣うと、鞘香も両手を回して抱き留め、ズンズンと股間を突き上げはじめてくれた。

「いきそう？　待ってね。私はまだ舐めていないから」

鞘香がキュッキュッと心地よく締め付けながらも言い、すっかり高まっていた清四郎も動きを止め、ゆっくりと股間を引き離していった。

思えば、少しでも多く快楽を味わいたくて、ずいぶん我慢が効くようになってきたものだった。

やがて彼が引き抜いて横になると、入れ替わりに鞘香が身を起こして覆いかぶさり、まずは彼の乳首に吸い付いてきた。

五

「ああ……、気持ちいい……」

清四郎は、熱い息で肌をくすぐられながら舌の蠢きに悶え、声を洩らした。

鞘香はチロチロと舌を這わせ、両の乳首を交互に愛撫し、ときにキュッと歯を立ててくれた。

「あう……、もっと……」

甘美な痛みに呻くと、さらに鞘香は力を込めて噛んでくれた。

乳首ばかりでなく、脇腹や下腹にも綺麗な歯を食い込ませ、徐々に下降していった。

彼は仰向けに身を投げ出し、美女の愛撫を受けながら屹立《きつりつ》した一物をヒクヒク震わせた。鞘香は清四郎を大股開きにさせ、真ん中に腹這い、内腿も舌と歯で愛撫してきた。

「く……！」

内腿の肉を頬張られ、歯が食い込むと思わず呻き、彼は美女に食べられているような快感に悶えた。

鞘香は左右の内腿を充分に刺激してから、やがて股間に顔を寄せて熱い息を籠もらせてきた。そして両脚を浮かせ、まずは肛門をチロチロと舐め回してくれたのだ。

やがて舌がヌルッと潜り込むと、

「アア……！」

彼は申し訳ないような快感に喘ぎ、モグモグと美女の舌を肛門で締め付けて味わった。鞘香は内部で充分に舌を蠢かせてから引き抜き、脚を下ろしながらふぐりにしゃぶり付いた。

睾丸を舌で転がしながら優しく吸い、袋全体を生温かな唾液にまみれさせると
いよいよ肉棒の裏側を舐め上げてきた。

先端まで達すると、粘液の滲む鈴口をチロチロと舐め回し、自らの淫水にまみれた亀頭もパクッと含んでくれた。

そのままスッポリと喉の奥まで呑み込んでいくと、先端がヌルッとした柔肉に触れた。

しかし苦しげな様子も見せず、鞘香は幹を口で丸く締め付けて吸い付き、熱い鼻息で恥毛をくすぐった。

内部ではクチュクチュと長い舌が滑らかにからみつき、たちまち肉棒全体は美女の生温かな唾液にどっぷりと浸り込んだ。

さらに鞘香は顔全体を小刻みに上下させ、濡れた唇でクチュクチュと摩擦しはじめ、思わず彼も股間を突き上げてしまった。

「ああ……、いきそう……」

清四郎が絶頂を迫らせて言うと、鞘香も暴発する前にスポンと口を引き離し、身を起こしてきた。

「まだ駄目よ。私がいくまで」

彼女は言って一物に跨がり、唾液に濡れた先端を陰戸に入れていった。

さすがに咲耶の母親だけあり、やはり淫法の達人なのだろう。だから導くのも巧《たく》みだし、男が自分本位に済ませるのではなく、相手をいかせることが大事だと教えてくれているのだった。

鞘香が腰を沈めると、一物はヌルヌルッと肉襞の摩擦と締め付けを受けながら滑らかに根元まで呑み込まれていった。

「アア……、いい気持ち……」

彼女が顔を仰け反らせて喘ぎ、股間を密着させて座り込んで、キュッときつく締め上げてきた。

清四郎は温もりと感触に包まれ、股間に重みを感じながら懸命に肛門を引き締めて絶頂を堪えていた。

鞘香はグリグリと股間を擦りつけてから身を重ね、彼の肩に腕を回してシッカリと抱きすくめてくれた。彼も両手を回してしがみつき、全身で熟れ肌を受け止めた。

するとヒから、鞘香がピッタリと唇を重ね、熱く甘い息を弾ませながらヌルッと舌を潜り込ませてきた。

清四郎もネットリと舌をからめ、滑らかな感触と生温かな唾液を味わい、うっとりと喉を潤した。

鞘香の吐息は花粉のように甘い刺激が含まれ、馥郁と鼻腔に満ちてきた。

もう我慢できず股間を突き上げはじめると、

「ンンッ……！」

鞘香も熱く鼻を鳴らして彼の舌に強く吸い付き、動きを合わせて腰を遣ってくれた。

大量の蜜汁が溢れて律動が滑らかになり、ピチャクチャと淫らに湿った摩擦音が響いてきた。互いの股間もビショビショに濡れ、彼のふぐりから肛門の方にまで滴《したた》った。

「ああ……、いいわ、まだ出さないで……」

鞘香が口を離して喘ぎ、彼の鼻の穴にヌラヌラと舌を這わせてくれた。

清四郎は甘い匂いと唾液のヌメリに果てそうになるのを必死に堪え、なおも小刻みな突き上げを続けた。

さらに彼女は清四郎の頬を舐め、そっと歯を当てて噛み、耳の穴まで舐め回してくれた。

清四郎も美女の口の匂いに酔いしれ、花粉臭の刺激で鼻腔を満たしながら顔を擦りつけた。やがて顔中が美女の清らかな唾液でヌルヌルにまみれると、膣内の収縮が活発になってきた。

「い、いきそう……、もっと突いて、奥まで……！」

鞘香が声を上ずらせて言うなり、腰の動きを強めた。

同時に彼女がガクンガクンと狂おしい痙攣を開始し、どうやら本格的に気を遣ってしまったようだ。

「いく……、気持ちいいわ……、ああーッ……！」

鞘香が声を上ずらせ、激しく彼の顔中に舌を這わせた。

「く……！」

その刺激と快感に、とうとう清四郎も昇り詰めてしまい、呻きながら熱い精汁を勢いよく肉壷の奥に放った。

「あう……、熱いわ、もっと出して……！」

奥深い部分に噴出を感じた途端、鞘香は駄目押しの快感を得たように口走り、さらにきつく締め付けてきた。

清四郎は快感を嚙み締め、心置きなく最後の一滴まで出し尽くした。

すっかり満足しながら突き上げを弱めていくと、鞘香も徐々に熟れ肌の強《こわ》ばりを解き、力を抜いて体重を預けてきた。

「ああ、良かったわ……」

鞘香が荒い呼吸を繰り返して囁き、まだ名残惜しげにキュッキュッと膣内の収縮を繰り返した。

刺激された一物が過敏に反応し、膣内でヒクヒクと跳ね上がった。

「あう……」

鞘香が呻き、やがて二人は同時にグッタリと身を投げ出していった。

「偉いわ。よく最後まで我慢したわね……。これからも、相手がいくまで堪えるのよ……」

「はい……」

教えられ、清四郎は美女の甘い吐息を間近に嗅ぎながら、うっとりと快感の余韻に浸り込んでいった。

今日は実に多くの体位を経験したので、明日からの春画制作の役にも立つことだろう。やがて鞘香が呼吸を整え、そろそろと股間を引き離すと、懐紙で優しく一物を拭き清めてくれた。

そして自分の陰戸も手早く処理すると、立ち上がって身繕いをはじめた。また元のように何重も腹に晒しを巻き、着物を着て帯を締めると、懐紙に吐き出しておいた含み綿を口に入れた。

もう暗いだろうに、やはりこの姿で行動する習慣らしい。

しかし、元の綾香の姿に戻っても、もう恐い女中頭という印象ではなく、これはこれで大変に欲情をそそる美貌と風情であった。

また回復しそうになってしまったが、あまり遅くまで引き留めるわけにもいかないだろう。

清四郎も起き上がって身繕いをし、彼女と一緒に階下に行った。

「では、近々絵を仕上げたらお持ちしますので」

「ええ、では」

言うと綾香は答え、長屋を出て行った。あの武芸の腕があれば、暗い道でも送ってゆく必要はないだろう。

綾香を見送ると、清四郎は戸を閉めて心張り棒をし、階下の灯りを消して二階に戻った。そして行燈の灯を消し、また布団に潜り込み、この数日の絶大な女運を一つ一つ振り返った。

（こんなに良いことばかりで、大丈夫なのだろうか……）

今に大きな不幸が襲ってくるような気がしたが、それでも女体の魅力に溺れた彼は、また目の前にいる女に夢中になってしまうことだろう。

あれこれ思う内、たちまち清四郎は心地よい疲れの中で、ぐっすり眠り込んでしまったのだった……。

第三章　好奇心に疼く生娘《きむすめ》の肌

一

「ゆっくり二人で話してこいって、おっかさんが……」

翌朝、小梅が長屋に来て清四郎に言った。笑窪《えくぼ》の浮かぶ頬が、やや緊張に強ばっている。

「そう……」

「もう、おっかさんから話は聞いているのね？」

「うん、じゃ二階で話そうか。ここは散らかっているから」

清四郎は言い、小梅を二階に招いた。

もちろん婚儀の話で来たのだろうが、彼は目の前の可憐な生娘《きむすめ》に激しい淫気を催してしまった。

二階に上がると、清四郎は万年床に小梅と並んで座った。

「本当にいいの？　何も持っていないけれど」

「ええ、清四郎さんが私でいいのなら……」

彼が訊くと、小梅も僅かに不安そうに彼を見た。

「私も小梅ちゃんが好きだから、ではお願いします」

「わあ、嬉しい……」

清四郎が言うと、ようやく小梅が息を弾ませて笑顔になった。

「じゃ、すぐにもおっかさんと日取りを相談します」

「うん。でも本当はすぐにも桂屋に住みたいけど、今お大名の仕事をしているから、少し待って。そう何日もかからないから」

「ええ、分かったわ。私、良いおかみさんになるから……」

小梅が言うと、もう我慢できずに彼は思いきり抱きすくめてしまった。

「ああ、可愛い……」

「あん……」

近々と顔を寄せて囁《ささや》くと、小梅も覚悟して来たようだったが、さすがに驚いたように身を硬くし、小さく声を洩《も》らした。

ぷっくりした桜ん坊のような唇が開き、生温かく湿り気ある息が洩れた。

それは甘酸っぱい果実のような芳香を含み、悩ましく清四郎の鼻腔を刺激してきた。

咲耶の匂いに似ているが、小梅の吐息はさらに野趣溢《あふ》れる濃さがあり、彼は激しく興奮しながらピッタリと唇を重ねていった。

心地よい弾力と柔らかさが伝わり、唾液の湿り気も感じられた。

すぐに小梅は長い睫毛を伏せ、力を抜いて彼にもたれかかってきた。

清四郎は可愛らしい感触と果実臭の息を味わい、そろそろと舌を挿《さ》し入れていった。

唇の内側のヌメリを舐《な》め、滑らかな歯並びを舌先で左右にたどり、愛らしい八重歯から桃色の歯茎まで舐め回した。

すると小梅が歯を開き、侵入を許してくれた。

美少女の口の中は、さらに甘酸っぱい匂いが濃厚に籠もり、間近に見える頬の産毛《うぶげ》が輝き、新鮮な白桃を連想させた。

舌をからめると、生温かな唾液に濡れた舌の感触が滑らかに伝わり、清四郎は執拗《しつよう》に舐め回した。

そして着物の上から胸の膨らみに手を這わせると、

「ンン……」

小梅が熱く呻《うめ》き、反射的にチュッと強く彼の舌に吸い付いてきた。

長く口吸いをし、清四郎はすっかり美少女の唾液と吐息に酔いしれ、ようやく唇を離した。

「ね、脱いで……」

言いながら彼女の帯を解こうとすると、小梅も自分から脱ぎはじめてくれた。

清四郎も手早く着物と下帯を脱ぎ去り、みるみる無垢《むく》な肌を晒してゆく許婚《いいなずけ》を見た。

何しろ彼にとって、生まれてはじめて触れる生娘である。その期待と興奮は絶大だった。

小梅も着物と腰巻を脱ぎ去り、襦袢《じゅばん》の前を開いて横になった。

しかし清四郎が添い寝すると、彼女は恥ずかしげに背を向けてしまった。

彼は襦袢を引き脱がせ、一糸まとわぬ姿にさせてうなじに唇を押し付け、乳臭い髪の匂いを嗅ぎながら手を回し、柔らかな乳房に這い回らせた。

「く……」

指の腹で乳首を探ると、小梅が息を詰めて呻き、身体を丸めた。そのため彼女の尻が、清四郎の股間に心地よく密着してきた。

乳房は柔らかさの中にも生娘の硬い弾力も秘められ、乳首は刺激を受けるうち次第にコリコリと硬く突き立っていった。

彼は滑らかな背中にも舌を這わせ、乳房を優しく揉みしだいた。

「あぁッ……！」

小梅がビクリと肌を震わせて喘《あえ》いだ。かなり背中がくすぐったいらしい。

やがて彼女は乳房への刺激を避けるようにうつ伏せになっていったので、清四郎も手を引き抜いた。

そして本格的に背中を舐め回し、徐々に下降していった。

生娘の肌は実にスベスベで、うっすらと汗の味がした。

腰から可愛い尻の丸みを舌でたどり、ムッチリした太腿から、汗ばんだヒカガミ、脹《ふく》ら脛《はぎ》へと舐め下りていった。

たまに軽く歯を立てて若々しい肌の張りを味わうと、小梅がビクッと肌を震わせて反応した。踵《かかと》まで来ると、膝を折り曲げさせ、足裏を舐め回し、指の間にも鼻を埋め込んだ。

かなり緊張していたらしく、そこは汗と脂《あぶら》にジットリ湿り、ムレムレになった匂いが濃く沁み付いていた。

これから長く添い遂げるのだから、いくらでも嗅げるだろうし、いずれ飽きてしまうものかも知れないが、今はとにかく絶大な淫気を向けて、可愛い足の匂いを貪《むさぼ》った。

綺麗な桜色の爪を噛み、そのまま爪先にしゃぶり付いて指の間にヌルッと舌を割り込ませると、

「アア……、駄目よ、汚いわ……」

小梅が顔を伏せたまま言い、それでも強く拒《こば》む様子はないので、清四郎も全ての指の股を味わい、もう片方も味と匂いを貪り尽くしてしまった。

そして俯せのまま股を開かせ、再び脚の内側を舐め上げ、真ん中に腹這いながら白く丸い尻に迫った。

両の親指でグイッと谷間を広げると、可憐な薄桃色の蕾《つぼみ》がひっそり閉じられ、細かな襞《ひだ》を震わせていた。

鼻を埋め込み、ひんやりした双丘の弾力を顔中に感じながら嗅ぐと、やはり秘めやかな微香が悩ましく鼻腔を刺激してきた。

清四郎は可愛い匂いを胸いっぱいに貪ってから、舌先でチロチロとくすぐるように蕾を舐めた。細かな襞が震え、やがて唾液に濡れると彼は舌先を潜り込ませヌルッとした粘膜を味わった。

「う……！」

小梅が呻き、キュッと肛門で舌先を締め付けてきた。

彼は滑らかな粘膜を味わい、舌を出し入れさせるように蠢《うごめ》かせた。

「か、堪忍《かんにん》……」

小梅がか細く言い、尻を庇うように寝返りを打ってきた。

清四郎も舌を引き抜き、彼女の片方の脚をくぐり抜けた。やがて彼女が仰向けになると、そのまま大股開きにさせて割れ目に顔を寄せた。

すでに無垢な陰戸《ほと》から蜜汁が溢れ、ムッチリした内腿に挟まれた股間には熱気と湿り気が渦巻くように籠もっていた。

恥毛はほんのひとつまみほど、薄墨を刷いたように淡く煙り、ぷっくりした割れ目からは薄桃色の花びらがはみ出していた。

指を当ててグイッと陰唇《いんしん》を広げると、清らかな蜜汁にまみれた膣口が、襞を震わせて息づいていた。

「み、見ないで……」

彼の熱い視線と息を感じ、小梅がクネクネと腰をよじって言った。

綺麗な薄桃色の柔肉《やわにく》が幼い蜜汁にヌメヌメと潤《うるお》い、ポツンとした尿口も確認でき、包皮の下からは小粒のオサネが顔を覗かせていた。

もう堪《たま》らず、清四郎はギュッと顔を埋め込んでいった。

「あん……！」

小梅が声を上げ、内腿できつく彼の両頬を挟み付けてきた。

清四郎はもがく腰を抱え込んで押さえ付け、柔らかな若草に鼻を擦りつけて嗅いだ。

隅々《すみずみ》には、甘ったるい汗の匂いが生ぬるく馥郁《ふくいく》と籠もり、下の方にはゆばりの匂いも刺激的に悩ましく入り混じり、さらに大量の淫水による生臭い成分も感じられた。

やはり登志に似て、かなり濡れやすく、汁気の多いたちなのかも知れない。

生娘の体臭に噎《む》せ返りながら舌を這わせると、トロリとした淡い酸味の蜜汁が迎えてくれた。

彼は膣口を掻き回し、味わいながらオサネまで舐め上げていった。

「アアッ……！」

小梅が内腿にキュッと強い力を込めて激しく喘ぎ、ヒクヒクと白い下腹を波打たせた。上の歯で包皮を剝き、完全に露出したオサネを弾くように舐めると、生温か淫水がトロトロと溢れてきた。

清四郎は舌を這わせながら、心ゆくまで美少女の味と匂いを貪った。

二

「ここ、気持ちいい？」

オサネを舐めながら清四郎が訊くと、

「ええ……、でも恥ずかしい……」

小梅が息を震わせながらか細く答えた。

「とってもいい匂い」

「ああ……、駄目……」

鼻を擦りつけて犬のようにクンクン鼻を鳴らして言うと、彼女がクネクネと身《み》悶《もだ》え、さらに可愛い匂いを揺らめかせて淫水を漏らした。

やがて清四郎は充分に味わってから身を起こし、ピンピンに勃起している一物《いちもつ》を構えて股間を進めていった。

急角度にそそり立った幹に指を添えて下向きにさせ、先端を濡れた割れ目に擦りつけてヌメリを与えながら位置を定めた。

小梅もすっかり覚悟を決め、神妙に目を閉じて息を弾ませていた。

無垢な陰戸にゆっくり挿入《そうにゅう》していくと、膣口が丸く押し広がり、張りつめた亀頭がズブリとくわえ込まれた。

そのままヌメリに乗じてヌルヌルッと根元まで押し込むと、何とも心地よい肉襞の摩擦ときつい締め付けが一物を包み込んだ。

「あう……！」

小梅が火傷《やけど》でもしたように眉をひそめて呻き、ビクリと全身を硬直させた。

清四郎は熱く濡れた膣内に深々と押し込んで股間を密着させ、温もりと感触を噛み締めながら脚を伸ばし、身を重ねていった。

彼女も支えを求めるように下から両手を回し、きつくしがみついてきた。

あまりに心地よい締め付けに、動いたらすぐ済んでしまいそうだった。

だから彼は動かず、屈み込んで乳房に顔を埋め込んでいった。

桜色の乳首にチュッと吸い付き、柔らかな膨らみに顔を押しつけて感触を味わいながら舌で転がした。

やはり乳房は登志に似て、いずれ豊かな膨らみになってゆくであろう兆《きざ》しが感じられた。舐めるうち乳首もコリコリと硬くなり、彼はもう片方も含んで念入りに舐め回した。

しかし小梅は、全神経が陰戸に行っているようで、乳首への愛撫は反応が薄かった。

清四郎は左右の乳首を充分に味わってから、腕を差し上げて美少女の腋の下に鼻を擦りつけて嗅いだ。生ぬるく汗に湿った和毛《にこげ》の隅々には、何とも甘ったるい体臭が籠もっていた。

彼は美少女の匂いで胸を満たし、さらに白い首筋を舐め上げ、形良く喘ぐ口に鼻を押しつけた。

乾いた唾液の匂いに混じり、甘酸っぱい果実臭の息が口から洩れ、清四郎は鼻腔を湿らせながら胸いっぱいに嗅いだ。可愛く艶《なま》めかしい匂いに胸が切なくなるほどで、彼はうっとり酔いしれながら、様子を見るように小刻みに腰を突き動かしはじめてしまった。

「く……！」

小梅が奥歯を噛み締めて呻き、回した両手に力を込めた。

いったん動くと、もうあまりの快感に止まらなくなってしまい、清四郎は次第に調子をつけて腰を遣った。

逆に長引くよりは、早く済んだ方が小梅も楽だろう。

清四郎は彼女の肩に腕を回し、肉襞の摩擦とヌメリに酔いしれながら、いつしか股間をぶつけるように激しく動いてしまった。

「アア……」

小梅も何度かビクッと顔を仰《の》け反《ぞ》らせて喘ぎ、キュッときつく彼自身を締め付けてきた。

清四郎は唇を重ね、舌をからめて唾液をすすり、滑らかな舌を味わいながら急激に高まっていった。そして美少女の甘酸っぱい息を胸いっぱいに吸い込むと、途端に昇り詰めてしまった。

「い、いく……！」

突き上がる大きな絶頂の快感に口走り、彼はドクンドクンとありったけの熱い精汁を内部にほとばしらせた。

まだ小梅は内部の噴出も気づかぬように、ただ息を詰めて嵐が通り過ぎるのを待っているようだった。

清四郎は快感の中、心置きなく最後の一滴まで出し尽くし、ようやく徐々に動きを弱め、力を抜いていった。

やがて、すっかり満足しながら完全に動きを止め、収縮する膣内でヒクヒクと幹を脈打たせた。そして喘ぐ口に鼻を押し込み、美少女の口の匂いを嗅いで鼻腔を満たしながら、うっとりと快感の余韻に浸り込んでいった。

小梅も荒い呼吸を繰り返しながら、もう破瓜《はか》の痛みも麻痺したように四肢を投げ出していた。

これで、とうとう二組の母娘の全員と情交してしまったことになる。

「痛かったろう、ごめんよ……」

「いいえ、嬉しかった……」

囁くと、小梅が健気《けなげ》に答えた。

やがて呼吸を整えると、彼は手を伸ばして懐紙を取り、身を起こしてそっと股間を引き離した。

そして手早く一物を拭ってから、小梅の股間に顔を潜り込ませた。

陰唇が痛々しくめくれ、膣口から逆流する精汁に混じり、うっすらと血の糸が走っていた。

それでも大した出血の量ではなく、もう止まっているようだ。

清四郎は懐紙を押し当てて優しく拭い取り、さらに労《いたわ》るように屈み込んで舌を這わせた。膣口の周りを舐めてやり、オサネをチロチロと刺激すると、

「あうう……、駄目……」

小梅が息を詰めて言った。

「まだ痛いかな？」

「そうじゃなく、漏らしてしまいそう……」

訊くと、小梅は尿意を訴えていた。今から急いで着物を着て、長屋の外にある厠《かわや》まで行くのは厄介だろう。

「いいよ、ここで出しても。そうだ、こうして」

清四郎は言って仰向けになり、小梅を起こして顔に跨《また》がらせた。

「こ、こんなこと出来ないわ、旦那様になる人に……！」

彼女が驚いたように言い、ビクリと身を強《こわ》ばらせた。

「大丈夫。小梅ちゃんから出るものは全部味わってみたいから」

何が大丈夫か分からないが、清四郎は逃げられないよう下からシッカリ腰を抱え込み、鼻先に迫る陰戸に口を押しつけた。

「駄目、無理だわ、絶対に……」

小梅はしゃがみ込みながら嫌々をしたが、もう着替えて外に行くのも間に合わないと悟ったのだろう。

しかも真下から清四郎が舌を這わせ、柔肉に吸い付くと、

「そ、そんなに吸ったら出ちゃうわ……、ああーッ……！」

彼女は声を震わせ、とうとう力が抜けていった。

内部の柔肉が迫り出すように盛り上がり、温もりと味わいが変化したと思ったら、すぐにポタポタと温かな雫《しずく》が滴《したた》り、間もなく一条の流れになって口に注がれてきた。

「アア……、駄目……」

小梅は両手で顔を覆いながらも、座り込まぬよう懸命に両足を踏ん張った。

仰向けの清四郎は噎せないよう注意しながら喉に流し込んだが、全く抵抗はなかった。味と匂いが実に淡く控えめだし、小梅の出したものを取り入れるのは嬉しかったのだ。

勢いが一瞬激しくなったが、それを過ぎると急速に流れが衰えていった。

清四郎は一滴もこぼさず飲み干すことが出来、満足しながら滴る雫《しずく》を受け、温かく濡れた割れ目を舐め回して余りをすすった。

「ああン……」

オサネを舐めると小梅が喘ぎ、全て出し切ってプルンと下腹を震わせた。

たちまち新たな蜜汁が溢れて舌の動きがヌラヌラと滑らかになり、残尿を洗い流すように淡い酸味が満ちていった。

「も、もう堪忍……」

小梅が言い、自分からそろそろと股間を引き離していった。

「じゃ私のも、お口でして……」

すっかり回復してしまった清四郎は言って大股開きになり、その間に彼女を腹這いにさせた。また挿入して射精したいところだが、初めてなのに続けて二度は辛いだろう。

すると小梅も、素直に張りつめた亀頭にしゃぶり付いてくれ、熱い鼻息で恥毛をくすぐりながら吸い付いてきた。

内部では舌先もチロチロと呻いて、鈴口を刺激してくれた。

「ああ、気持ちいいよ、すごく……」

彼は言いながら快感を高め、ズンズンと小刻みに股間を突き上げはじめた。

小梅も合わせて顔を上下させ、唾液に濡れた口でスポスポと強烈な摩擦を繰り返してくれた。

滑らかな唇の刺激と舌の蠢き、清らかな唾液に生温かくまみれ、清四郎はまた急激に昇り詰めていった。

「い、いく……、飲んで……」

快感に貫かれながら口走ると同時に、彼はありったけの精汁を勢いよくほとばしらせ、美少女の喉の奥を直撃した。

「ク……、ンン……」

小梅は噴出を受け止めながら小さく呻き、それでも歯を当てることなくモグモグと唇で締め付け、吸い出してくれた。

可憐で神聖な娘の口に心置きなく射精するのは、溶けてしまいそうな快感であった。

彼は快感に腰をよじり、何度も脈打つように一物を震わせながら最後の一滴まで出し尽くした。

満足してグッタリと身を投げ出すと、小梅は亀頭を含んだまま、口に溜まった精汁をコクンと飲み干してくれた。

「あう……」

キュッと口腔が締まると、駄目押しの快感に清四郎は呻いた。

全て飲み込むと彼女もチュパッと口を引き離し、不思議そうに一物を見つめて幹をニギニギさせ、鈴口から滲《にじ》む余りの精汁までペロペロと丁寧に舐めとってくれた。

「く……、もういい、有難う……」

彼は過敏にヒクヒクと反応しながら、降参するように言ったのだった。

三

「じゃ、小梅からも聞いたので、他のお話は断って進めるわね」

昼過ぎに登志が来て、清四郎に言った。

「はい、よろしくお願いします」

彼もあらたまって座り直し、頭を下げて言った。

「もう抱いてしまったのね。いえ、小梅は何も言わないけれど、一目見れば分かるわ」

登志に言われ、清四郎はドキリとした。いかに小梅が普通にしていても、やはり母親の目はごまかせないのだろう。

「す、済みません……」

「ううん、もう許婚なのだから構わないわ。でも、まだ正式な夫婦ではないのだから、どうか私とも……」

登志が、急に熱っぽい目になって言った。

「え、ええ……、よろしいのなら二階へ……」

もちろん清四郎も、登志が来たときから激しい淫気に股間を熱くさせ、答えて立ち上がった。

昼前には小梅の初物を散らし、その午後に母親と交わるという禁断の興奮が堪らなかった。そして、登志もそうした興奮を覚えているに違いなかった。

「わあ、咲耶様そっくり。もうすぐ仕上がるのね……」

立ち上がった登志が描きかけの絵を見て言い、やがて二人で階段を上がっていった。

二階に行くと、小梅が初体験した布団がそのまま敷かれていた。

登志も、ここでしたのね、とでも言うふうにチラと万年床を見てから帯を解きはじめた。

清四郎は、たちまち部屋に立ち籠める大人の女の体臭を感じながら、手早く脱いでいった。小梅も一人きりで店をやっているので、登志もあまり長居できないだろう。

一糸まとわぬ姿になった登志が布団に仰向けになると、清四郎も全裸で、まずは彼女の足に屈み込んでいった。

「あう、そんなとこから……」

足裏に舌を這わせると、登志が驚いたように言いながらも、拒まず好きにさせてくれた。

指の間に鼻を割り込ませると、今日もムレムレの匂いが濃厚に籠もり、清四郎は美女の足の匂いを貪りながら舌を這わせ、汗と脂の湿り気を味わった。

両足とも味と匂いが消え去るまでしゃぶり尽くすと、彼は腹這いになって脚の内側を舐め上げ、両膝の間に顔を進めていった。

ムッチリとした白い内腿を舐めると、陰戸から熱気が漂ってきた。

色づいた陰唇の間からはヌラヌラと白っぽい粘液が溢れ、光沢あるオサネもツンと突き立っていた。

清四郎は股間に顔を埋め込み、柔らかな茂みに鼻を擦りつけて嗅いだ。甘ったるい濃厚な汗の匂いと、ゆばりの刺激が悩ましく鼻腔を満たし、舌を這わせると淡い酸味のヌメリが感じられた。

小梅が生まれ出た膣口を掻き回し、オサネまで舐め上げていくと、

「アアッ……！」

登志が身を弓なりに反らせて喘ぎ、量感ある内腿でキュッと彼の顔を挟み付けてきた。

清四郎は熟《う》れた女の体臭に噎せ返り、オサネに吸い付いては熱く溢れる淫水をすすった。

さらに腰を浮かせて白く豊満な尻の谷間に鼻を埋め込み、蕾に籠もった微香を嗅いでから舌先でくすぐった。ヌルッと潜り込ませて粘膜を味わうと、

「あう……、駄目……」

登志が呻き、モグモグと肛門で舌先を締め付けてきた。

充分に舌を蠢かせてから引き抜き、陰戸に戻ってオサネを舐めると、

「こ、今度は私が……」

絶頂を迫らせた登志が声を上ずらせて言い、懸命に身を起こしてきた。

清四郎が股間から這い出して仰向けになると、彼女もすぐに顔を移動させ、スッポリと一物を呑み込んでいった。

「ああ……、気持ちいい……」

生温かな口の中に根元まで深々と含まれ、清四郎はうっとりと喘ぎ、内部でヒクヒクと幹を震わせた。

「ンン……」

登志は熱く鼻を鳴らし、股間に息を籠もらせながら吸った。

そして念入りにクチュクチュと舌をからめ、スポンと引き抜くと、ふぐりにもしゃぶり付いてくれた。

睾丸を転がし、さらに自分がされたように脚を浮かせて肛門まで舐め、ヌルッと舌先を潜り込ませてきた。

「く……！」

彼は妖しい快感に呻き、キュッと肛門で舌を締め付けた。登志は再び脚を下ろして一物に舌を這わせ、粘液の滲む鈴口も丁寧に舐め回した。

たっぷりと肉棒を唾液にまみれさせると、すぐに登志は身を起こして跨がってきた。

先端を陰戸に押し当て、息を詰めてゆっくり腰を沈み込ませた。

たちまち一物は、ヌルヌルッと心地よい襞の摩擦を受けながら根元まで没し、彼女も股間を密着させて座り込んだ。

「アア……、いい気持ち……」

登志は、娘の初物を奪ったばかりの肉棒を膣内に納め、キュッキュッと味わうように締め付けながら喘いだ。

そして身を重ねると、彼の肩に腕を回して顔を浮かせ、豊かな乳房を顔中に押しつけてきた。

「むぐ……」

清四郎は心地よい窒息感の中で呻き、乳首に吸い付いて懸命に舌で転がした。

すると登志も、甘ったるい体臭を揺らめかせながら、徐々に腰を遣いはじめ、心地よい摩擦を与えてくれた。

彼も左右の乳首を交互に吸って舐め回し、顔中に柔らかな膨らみを受け止めながらズンズンと股間を突き上げた。

「ああ……、もっと……」

登志が次第に腰の動きを速めながら喘ぎ、トロトロと大量の淫水を漏らして動きを滑らかにさせた。

清四郎は充分に乳首を味わってから、彼女の腋の下に鼻を埋め込み、腋毛《わきげ》に籠もった生ぬるく甘ったるい汗の匂いに噎せ返った。

さらに両手でしがみつきながら白い首筋を舐め上げ、熱い呼吸の弾む口に鼻を押しつけた。

美女の口からは脂粉に似た甘い刺激を含んだ息が洩れ、それに乾いた唾液の匂いも混じって、悩ましく彼の鼻腔を搔き回してきた。

すると上から登志が唇を重ね、ネットリと舌をからめながら、股間をしゃくり上げるように擦り、律動に勢いをつけていった。

清四郎も美女の舌の感触と生温かな唾液を味わい、息の匂いに酔いしれながら激しく高まっていった。

「い、いっちゃう……！」

清四郎は降参するように口走ったが、鞘香に言われたことを思い出し、相手が果てるまで懸命に耐えた。

すると、辛うじて先に登志が気を遣ってくれたようだ。

「い、いく……、気持ちいい……、アアーッ……！」

彼女が声を上ずらせて喘ぎ、ガクンガクンと狂おしく熟れ肌を痙攣させた。

同時に膣内の収縮も最高潮にさせ、心置きなく大きな絶頂を味わいはじめたようだった。

もう清四郎も限界で、きつく締め付けられながら昇り詰めた。

「く……！」

突き上がる快感に呻き、熱い大量の精汁を一気に柔肉の奥にほとばしらせた。

「あう……、熱い……！」

奥深い部分に噴出を受け止め、登志は駄目押しの快感を得たように口走り、さらにキュッと締め付けてきた。

清四郎は心ゆくまで快感を味わい、最後の一滴まで出し尽くした。

そして徐々に突き上げを弱めて力を抜いていくと、登志も熟れ肌の強ばりを解き、グッタリともたれかかってきた。

膣内が名残惜しげな収縮をキュッキュッと繰り返し、刺激された一物が過敏にヒクヒクと内部で跳ね上がった。

「アア……、良かったわ……、何て可愛い……」

登志が荒い呼吸を繰り返しながら、近々と顔を寄せて言い、彼の鼻の頭をヌラヌラと舐め回してくれた。

清四郎は美女の唾液と吐息の匂いに包まれながら、うっとりと快感の余韻を噛み締めたのだった……。

四

「ええ、たいそう良い出来です。これなら、いつまでも代々残せるでしょう」

「そんな、大げさな……」

絵を見た綾香が言い、清四郎は恐縮して答えた。横で見ていた咲耶も、絵の出来に満足そうだった。

今日は清四郎は、小梅を伴い、許婚になった報告も兼ね、完成した絵を持って中屋敷を訪ねていた。

小田浜藩の中屋敷は茅場町にあり、咲耶がこちらに来ているというので、清四郎と小梅は出向いてきたのである。

中屋敷は瀟洒《しょうしゃ》な建物で、上屋敷に災害などがあったとき藩主の避難所として建てられていた。

しかし今日は、咲耶と綾香しかいないようだった。

「それより婚儀のこと、おめでとう存じます。絵の代金とともに、近々祝いもお届けしましょう」

「恐縮です……。でも、どうかお気遣い下さいませんように……」

綾香に言われ、清四郎と小梅は頭を下げた。

「では、私は絵を持って一度藩邸へ戻りますので、ごゆるりと」

綾香が言って立ち上がり、丸めた絵を大切に抱えて中屋敷を出て行った。

「こちらへ」

と、咲耶が立ち上がって言い、二人も従うと、床の敷き延べられた寝所に招かれたではないか。

「さあ、脱いで。二人に和合の淫法を施しましょう」

咲耶が言い、自分から帯を解きはじめたではないか。

「え……」

清四郎と小梅は驚いて顔を見合わせたが、どうも咲耶は本気のようだ。

そして咲耶から漂う雰囲気だろうか、すっかり清四郎もその気になり、小梅を促しながら帯を解きはじめていった。

「本当に、脱ぐの……？」

小梅が心細げに囁いたが、やはり彼女も室内に立ち籠める妖しい気に触れたように、やがて朦朧《もうろう》と従って脱ぎはじめた。

たちまち衣擦れの音が入り混じり、美女と美少女の熱気と体臭が室内に生ぬるく立ち籠めてゆき、三人は全裸になった。

「ここへ横に」

咲耶が小梅を招き、豪華な布団に仰向けにさせた。清四郎もにじり寄り、咲耶と両側から小梅を挟む形になった。

「最初のときは、痛かったでしょう」

「ええ……」

咲耶が、小梅の柔肌に手を這わせながら囁くと、彼女はビクリと反応しながら小さく答えた。

「これからは、もう痛くないし、しっかり気を遣ることが出来ますからね」

咲耶が呪文のように囁きながら、そっと屈み込んで小梅の乳首を含んだ。

清四郎も、邪魔してはいけないと思いつつ、自分もそうするよう咲耶が言っているような気がし、もう片方の乳首に吸い付いていった。

「アア……」

小梅が、ビクッと顔を仰け反らせて喘いだ。

舌を這わせると、たちまち乳首はコリコリと硬くなり、生娘でなくなったばかりの肌が、うねうねと悶えはじめた。

舌で転がしながら見ると、咲耶も念入りに舌を使い、優しく吸っていた。

小梅の甘ったるい汗の匂いとともに、隣から吐きかけられる咲耶の甘酸っぱい息が入り混じり、その悩ましい匂いの刺激に清四郎自身もムクムクと硬く勃起していった。

やがて咲耶が肌を舐め下りていったので、清四郎は小梅の腋の下に顔を埋め、和毛に籠もった甘ったるい体臭を嗅いでから、同じように脇腹を舌で下降していった。

交互に臍《へそ》を舐めると、やはり咲耶の吐息と唾液の匂いが心地よく鼻腔をくすぐってきた。そして腰から張りのある下腹、ムッチリした太腿、脚を舐め下り、

二人は同時に小梅の左右の足裏を舐め回した。

指の股の匂いを嗅ぐと、蒸《む》れた芳香が沁み付き、そのまま清四郎は爪先にしゃぶり付いた。

すると咲耶も同じようにし、指の間に順々に舌を割り込ませていった。

「あうう……、駄目、姫様……」

小梅が畏《おそ》れ多い快感に呻き、ヒクヒクと下腹を波打たせた。

やがて二人で充分に爪先をしゃぶると、咲耶は小梅を大股開きにさせ、一緒に顔を進めていった。

陰戸に迫ると、僅かの間でも小梅は熱い蜜汁を漏らし、色づいた陰唇をヌメヌメと潤わせていた。

「ああ……、恥ずかしい……」

二人分の熱い視線と息を股間に受け、小梅が声を震わせて言った。まして相手は許嫁になったばかりの男と、大名の姫君である。

それでも、やはり通常の感覚ではなく、どこか夢見心地に朦朧となり、淫《みだ》らな世界の住人になったような雰囲気があった。

咲耶が指で陰唇を開き、息づく膣口を覗き込んだ。そして顔を埋め込み、ヌラヌラと舌を這わせはじめたではないか。

何という艶めかしい光景であろう。

清四郎は、熱い息を籠もらせて舌を使う姫君の横顔を間近に見て、今にも果てそうなほど高まってしまった。

やがて咲耶が顔を上げると、清四郎も小梅の割れ目に顔を埋め込み、柔らかな恥毛に籠もる汗とゆばりの匂いを嗅ぎ、舌を這い回らせた。

淡い酸味のヌメリには、咲耶の唾液も混じっているだろう。

膣口からオサネまで舐め上げると、

「アアッ……、き、気持ちいい……!」

小梅が身を弓なりにさせて喘ぎ、さらにヌラヌラと淫水を漏らしてきた。

充分に味と匂いを堪能して顔を上げると、咲耶が小梅の腰を浮かせ、尻の谷間にも舌を這わせたではないか。

やはり自分だけではなく、普通に舐める場所なのだと清四郎は思い、安心したものだった。

「く……、い、いけませぬ、姫様……」

ヌルッと舌を入れられたらしく、小梅が息を詰めて言った。

彼女が顔を引き離すと、清四郎もすぐ小梅の肛門に鼻を埋め込んだ。

秘めやかな微香とともに、咲耶の唾液の匂いも混じり、その刺激が一物に伝わってきた。

清四郎は舌を這わせて襞を味わい、ヌルッと潜り込ませて粘膜を舐めた。

そして顔を上げると、いつしか咲耶は小梅に添い寝し、唇を重ね舌をからめ合っていた。

これも興奮をそそる眺めであった。

彼は高まりながら、今度は添い寝している咲耶の足裏を舐め、指の股の蒸れた匂いを嗅いで爪先をしゃぶり、姫君の股間に顔を進めていった。

もちろん咲耶も拒むことなく、両膝を開いて受け入れてくれた。

白くムッチリした内腿を舐め上げると、咲耶の陰戸も大量の蜜汁にまみれ、熱気と湿り気が籠もっていた。

恥毛に鼻を埋めると、甘ったるい汗の匂いと悩ましい残尿臭が入り混じって鼻腔を刺激してきた。

舌を這わせ、淡い酸味のヌメリをすすりながら膣口からオサネまで舐めると、

「ク……」

咲耶がビクリと肌を震わせて呻いた。

オサネを舐めながら見ると、互いに舌をからめ、乳房を探り合っていた。

小梅も、彼が咲耶の陰戸を舐めていることは気にしていないようだ。

清四郎は充分に味と匂いを堪能してから、腰を浮かせて尻の谷間に鼻を埋め込んだ。

秘めやかな匂いを嗅いで舌を這わせ、潜り込ませてヌルッとした粘膜も味わった。そして二人の前も後ろも味わい尽くすと、咲耶が彼の手を握って引っ張り、真ん中に横たえたのだった。

五

「さあ、今度は二人で清四郎を味わいましょうね」

咲耶が言って彼の乳首に吸い付くと、小梅もためらいなく、もう片方の乳首に舌を這わせてきた。

「アア……」

清四郎は仰向けになり、美女と美少女に挟まれながら、愛撫を受けて喘いだ。

二人の熱い息が肌をくすぐり、それぞれの舌が滑らかに乳首で蠢いた。

咲耶がチュッと音を立てて吸うと、小梅も真似をして強く吸い付いてきた。

「か、嚙んで……」

清四郎は快感に悶えながらせがんだ。

すると咲耶がキュッと綺麗な歯で乳首を挟み、小梅も遠慮がちに歯を立ててくれた。

「ああ……、気持ちいい……、もっと強く……」

彼は甘美な刺激に身悶えながら言い、二人も力を込めてキュッキュッと嚙んでくれた。

清四郎は、美女と美少女に少しずつ食べられているような快感に身悶え、屹立《きつりつ》した一物をヒクヒクと震わせた。

さらに二人は彼の肌のあちこちを舌と歯で愛撫しながら下降し、とうとう脚を舐め下りて爪先までしゃぶってくれたのだ。

「あうう……、ど、どうか、もう……」

彼は申し訳ないような快感に呻きながらも、それぞれの温かな口の中で唾液にまみれながら、滑らかな舌をキュッと指で挟んだ。

やがて舐め尽くすと、二人はいよいよ脚を舐め上げ、股間に迫ってきた。

先に咲耶が彼の腰を浮かせ、チロチロと肛門を舐めてくれた。

「く……！」

ヌルッと舌が潜り込むと、彼は呻きながらモグモグと締め付けた。

すると小梅もすぐに交代して舐め回し、同じように潜り込ませた。

二人の舌の感触は微妙に異なり、どちらも彼の興奮を高まらせた。

咲耶はすでにふぐりにしゃぶり付き、小梅も頰を寄せ合い、それぞれの睾丸を舌で転がした。

熱い息が混じり合って股間に籠もり、たちまち袋全体は二人分の唾液でヌルヌルにまみれた。

とうとう二人の舌先が肉棒の付け根から先端に這い上がり、代わる代わる鈴口の粘液を舐めとってくれた。

「アア……、いきそう……」

清四郎は二人同時に亀頭をしゃぶられ、懸命に絶頂を堪えて喘いだ。

さらに、咲耶がスッポリと喉の奥まで呑み込み、吸い付きながらチュパッと離すと、すぐに小梅も同じように深々と含み、吸いながら引き離すのだ。

「も、もう……」

いよいよ危うくなって口走ると、二人が同時に舌を引っ込めて顔を上げた。

「じゃ、先に私が入れるから、二人終わるまで我慢して」

咲耶が言い、身を起こして一物に跨がってきた。

(そんな、我慢できるだろうか……)

清四郎は不安になったが、心の準備も待たず、咲耶は一気に腰を沈め、ヌルヌルッと根元まで受け入れていった。

「ああ……、いい気持ち……」

咲耶がペタリと座り込み、彼の胸に両手を突っ張って、上体を反らせながら喘いだ。

清四郎も温かく濡れた肉壷に包まれ、キュッと締め上げられながら必死に暴発を堪えた。

そして咲耶が腰を遣うと、淫気が高まっていたのか、それとも彼を助けてくれたのか、あっという間に気を遣ってしまったのだった。

「い、いく……、ああーッ……!」

咲耶はガクガクと痙攣し、膣内を収縮させながら激しく喘いだ。決して演技ではなく、粗相したほど大量の淫水が、互いの股間をビショビショにさせた。

早く済んでくれたので、清四郎も辛うじて漏らさずに済んだ。

咲耶は快感を嚙み締め、すぐに股間を引き離してゴロリと添い寝してきた。

すると小梅が跨がり、湯気が立つほど咲耶の淫水にまみれた肉棒を膣内に納めて、股間を密着させてきたのだった。

「アア……、奥が、熱いわ……」

小梅も顔を仰け反らせ、キュッと締め付けながら喘いだ。

「もう痛くないでしょう？」

咲耶が横から言うと、小梅も目を閉じながら頷《うなず》いた。

「ええ……」

そして上体を起こしていられなくなったように身を重ねてくると、清四郎も両手を回して抱き留めた。

彼が小刻みに股間を突き上げながら、小梅の唇を求めると、何と横から咲耶も身を寄せて唇を割り込ませてきたのだ。

これも実に贅沢な快感であった。

舌をからめると、それぞれの舌が艶めかしく蠢き、混じり合った唾液がトロトロと生温かく口に流れ込んでくるのである。

そして二人分の熱い息が甘酸っぱい果実臭を混じらせ、彼の鼻腔を悩ましく湿らせてきた。

「唾を飲ませて、いっぱい……」

清四郎が言うと、咲耶が大量の唾液を分泌させ、トロトロと彼の口に吐き出してくれた。すると小梅も懸命に出し、同じように滴らせてきた。

彼は小泡の多い、二人分の混じり合った生温かな粘液を受け止めて味わい、飲み込んでうっとりと喉を潤した。

彼は次第にズンズンと突き上げを激しくさせてゆき、いよいよ絶頂を迫らせてしまった。

すると咲耶は、三人で舌をからめながらも小梅の背や腰に巧《たく》みに指を這わせているではないか。あるいは、気を遣るツボというものがあり、促しているのかも知れない。

もう我慢できなくなり、清四郎は絶頂に突き進んで股間を突き上げながら、二人のかぐわしい口に鼻を擦りつけた。

すると咲耶がヌラヌラと鼻の穴を舐め回してくれ、小梅もそれに倣《なら》った。

さらに顔中を擦りつけ、二人の混じり合った唾液でヌルヌルにまみれて、胸をいっぱいに二人の口の匂いで満たすと、もう堪らずに清四郎は絶頂の快感に全身を貫かれてしまった。

「く……！」

突き上がる大きな快感に呻き、彼は勢いよくドクドクと熱い精汁を小梅の奥にほとばしらせた。

「あ……、き、気持ちいい……、アアーッ……！」

すると噴出を受け止めた途端、小梅も声を上ずらせて喘ぎ、そのままガクンガクンと狂おしい絶頂の痙攣を起こし、本格的に気を遣ってしまったのだった。

膣内の収縮が活発になり、溢れる蜜汁も大洪水になってクチュクチュと淫らな摩擦音を響かせた。

「気持ちいいでしょう？　もっと締め付けて……」

咲耶が囁くと、小梅も股間を擦りつけながらキュッキュッと締め付け、一滴余さず精汁を搾り取ってくれた。

彼は下降線をたどりつつある快感を惜しみ、何度も内部で幹を脈打たせた。

やがて、すっかり満足しながら清四郎は突き上げを止め、彼女の重みと二人分の温もりを感じて力を抜いた。

「アア……、何だったの、今のは……」

小梅も、息も絶え絶えになってグッタリともたれかかり、初めての絶頂に声を震わせた。

「これから、すれば必ず今みたいに気持ち良くなるわ」

咲耶が言い、小梅も全く痛みはないようで、うっとりと肌の強ばりを解いていった。

清四郎は二人分の甘酸っぱい吐息を間近に嗅ぎながら、心ゆくまで快感の余韻を味わったのだった。

小梅は、何度か快楽の波がぶり返したようにビクッと肌を震わせていたが、やがて呼吸を整え、そろそろと股間を引き離した。

懐紙を探そうとしたが、

「いいわ、このままお風呂に行きましょう」

咲耶が言い、やがて三人は支え合いながら立ち上がり、全裸のまま部屋を出て湯殿に移動したのだった。

今は他に誰もいないだろうに、至れり尽くせりで丁度良い湯が仕度されており三人は身を寄せ合って全身を洗い流し合った。

清四郎は、何しろ二人の女を相手にするという幸運に、またすぐにもムクムクと回復してきてしまった。

だから、二人の体臭が消えてしまうのは残念だったが仕方がない。

それでも湯殿には、二人分の甘ったるい匂いが生ぬるく立ち籠め、たちまち清四郎はピンピンに勃起してしまったのであった。

第四章　女武芸者の蜜汁は熱く

一

「ね、どうか、こうして下さい……」

湯殿で、清四郎は簀の子に腰を下ろしながら、咲耶と小梅に言った。

すると咲耶が言いなりになって立ち上がり、彼の肩に跨《また》がって顔に股間を突き出してくれた。

小梅も同じように、反対側の方に跨がり、座っている清四郎の顔は左右から美女と美少女の股間に挟まれた。

それぞれに顔を向け、湯に濡れた恥毛に鼻を埋めたが、もう濃かった体臭も消えてしまった。それでも舌を這わせると、刺激されるうち二人の陰戸《ほと》がヌラヌラと潤《うるお》い、淡い酸味のヌメリに満ちていった。

小梅も、まだ二度目の挿入《そうにゅう》だったが出血することはなく、すっかり快感を知って濡れやすくなっていた。

「ゆばりを放って下さい……」

恥ずかしいのを我慢して言うと、勃起した一物《いちもつ》が期待にヒクヒクと震えた。

小梅は驚いてビクリと身じろいだが、前に出したことはあるし、咲耶が驚きもせず股間を突き出し、下腹に力を入れはじめたので自分も懸命に尿意を高めはじめてくれた。

二人の割れ目に交互に顔を埋め、内部に舌を這わせると、どちらも次第に迫り出すように柔肉《やわにく》が蠢《うごめ》き、温もりが増してきた。

「ああ……、出る……」

咲耶が言い、すぐにもチョロチョロと温かな流れがほとばしってきた。

清四郎は口に受け止め、淡い味と匂いを嚙み締めながら喉に流し込んだ。

たちまち勢いが増すと、口から溢《あふ》れた分が胸から腹に伝い流れ、勃起した肉棒を温かく浸してきた。

そして咲耶の勢いが弱まる頃、

「出ちゃう……」

ようやく小梅が言い、そちらからもポタポタと雫《しずく》が滴《したた》り、やがて一条の流れとなって彼の肌に降り注がれてきた。

清四郎はそちらに顔を向けて口を付け、やはり抵抗のない淡い味わいを噛み締めながら飲み込んでいった。

小梅の方は、一瞬勢いが増しただけですぐに治まり、咲耶も放尿を終えたので彼は交互に舌を這わせ、余りの雫をすすった。

「アア……」

オサネを舐《な》められて小梅が喘《あえ》ぎ、もう立っていられないほどガクガクと膝を震わせた。咲耶も新たな淫水を漏らし、割れ目内部を淡い酸味のヌメリで満たしはじめた。

やがて彼が口を離すと、咲耶がまた三人の身体に湯を浴びせ、身体を拭いて湯殿を出た。そして全裸のまま、また座敷の布団に戻っていった。

「まあ、もうこんなに勃《た》って……」

咲耶が、仰向けになった清四郎の一物を見て言った。

「でも、今日はもう入れない方がいいわ。そう何度も気を遣ると身体が持たないから。二回目はお口で我慢して」

「はい、お願いします……」

言われて、清四郎もすっかり図々しく求めてしまった。

すると咲耶は仰向けの彼を大股開きにさせ、小梅と一緒に股間に陣取った。

「情交ばかりでなく、いろいろ可愛がり方を覚えるといいわ。月の障りで入れられない時もあるし」

咲耶が、小梅に説明しながら幹を握ってきた。

「このように、手のひらを筒にして上下に。あるいは両手で錐揉みに」

咲耶は実際に指の手のひらを使う愛撫を行い、小梅にもさせた。

「ああ……」

清四郎は、二人の生温かく柔らかな手のひらで揉まれ、快感に喘いだ。

さすがに鞘香は巧《たく》みだが、小梅のぎこちない愛撫も充分に気持ち良かった。

特に錐揉みにすると、咲耶は調子をつけて揉んでくれるが、小梅は可愛い手のひらでお団子でも丸めるように擦ってくれた。

「足も、感じが変わって良いようだわ」

咲耶が言って身を起こし、両手を後ろについて両足の裏で肉棒を挟んで動かしてくれた。

また手のひらと違う快感があり、しかも股を開いて足で愛撫する美女の姿も興奮をそそった。

小梅も、恐る恐る足の裏で挟んで試してくれた。

「ああ、気持ちいい……」

清四郎は、様々な愛撫をされながらジワジワと高まってきた。

「お乳も使うといいわ」

咲耶は言って屈み込み、屹立《きつりつ》した肉棒に柔らかな乳房を擦りつけたり、谷間に挟んで揉んでくれたりした。

これも、肌の温もりと柔らかさが実に心地よかった。たまに触れてくる乳首の感触も、ゾクリと震えが走るような快感であった。

小梅も試し、谷間に挟んで優しく揉んでくれた。

やがて一通り教えると、咲耶は小梅と一緒に腹這い、清四郎の股間に顔を寄せてきた。

「この辺りがいちばん感じるから、最初はなるべく避けるように」

咲耶は言いながら舌先で、チロリと鈴口の少し下を舐めた。

「あう……」

彼は快感に呻《うめ》き、ピクンと幹を上下させた。

「内腿は噛んでもいいけど、一物は絶対に歯を当てないようにね」

「はい」

咲耶が言うと小梅が頷《うなず》き、一緒に彼の内腿を舐め、キュッと綺麗な歯も食い込ませてきた。

「く……」

清四郎は甘美な痛みと快感に呻き、せがむように幹を震わせた。

「最初はここから」

咲耶は言って彼の脚を浮かせ、肛門から舐めてくれた。チロチロと舌が這い、ヌルッと潜り込み、蠢かせてから引き抜いた。すると小梅もしてくれ、彼は微妙に感触の違う舌を肛門で締め付けて味わった。

「つぎはここ」

咲耶が言ってふぐりにしゃぶり付くと、小梅も一緒になって舌を這わせてくれた。

そして一緒に幹を舐め上げ、張りつめた亀頭も二人で舐め回した。何やら美しい姉妹が一本の飴でも舐めているようだ。

いよいよ咲耶がスッポリと肉棒を呑み込み、吸い付きながら離すと、小梅もすかさず同じようにしゃぶった。

「アア……、いきそう……」

清四郎は急激に高まり、それぞれの口の中で幹を震わせて快感を味わった。

股間に二人分の息が熱く籠もり、肉棒も混じり合った唾液に生温かくネットリとまみれた。

やがて二人は一緒になって亀頭をしゃぶり、舌を這わせた。小梅も、女同士の舌が触れ合っても一向に気にならないようだ。

彼も小刻みに股間を突き上げ、唾液にまみれた亀頭を二人の唇や舌に擦りつけて高まった。

「い、いく……、アアッ……！」

とうとう清四郎は絶頂の快感に貫かれ、身を震わせて喘ぎながら、熱い精汁をほとばしらせてしまった。

「お口で受けて」

咲耶が言うと、すかさず小梅がパクッと亀頭を含み、勢いの良い第一撃を受け止めてくれた。

そして小梅がゴクリと飲み下すと、咲耶が幹を自分の方に向けて口を離させ、余りは自分が含んで吸い出してくれた。

「あうう……」

清四郎は、二人がかりの強烈なおしゃぶりに腰をよじって呻き、溶けてしまいそうな快感に身悶《みもだ》えた。これほどまでに贅沢な快感が、またとあるだろうかと思った。

咲耶も全て吸い出し、喉に流し込むとスポンと口を引き離した。

そして二人はまた顔を寄せ合い、一緒になって濡れた鈴口を舐め回した。

滲《にじ》む余りの白濁液が雫を脹らませると、悉《ことごと》く二人に舐め取られ、刺激された亀頭がヒクヒクと震えた。

「も、もう……」

清四郎が降参するように言うと、ようやく二人も舌を引っ込め、左右から挟むように添い寝してきてくれた。まるで申し合わせたように、二人の息がぴったりと合っていた。

彼は息を弾ませ、二人の温もりに包まれた。そして混じり合った果実臭の息を嗅ぎながら、うっとりと快感の余韻を味わったのだった。

「これで、二人はいつも最高の気持ちになれますよ」

咲耶が優しく言い、見守るように二人に慈愛の眼差しを向けてくれた。

「咲耶様も婚儀が近いようですが、そちらのお祝いもしませんと……」

呼吸を整えた清四郎が言うと、

「父上の意向で決めましたが、どうにも気が進まないのです……」

咲耶は、急に顔を曇らせて言ったのだった。

二

「御免、私は小野胡丈《おのこじょう》」

清四郎と小梅が身繕いをし、中屋敷を出ようとしたとき訪ねてきた女丈夫がいた。二十代半ば過ぎか、長身の裁着袴で大小を腰に帯び、長い髪を後ろで束ねた男装の美女だ。

どうやら小田浜藩士で、咲耶の警護役に赴《おもむ》いたようだ。

「あ、私は絵師の清四郎、これは桂屋の小梅です」

「ああ、聞いている。先ほど綾香様が持ち帰った、咲耶様の見事な絵も見た」

清四郎が言うと、胡丈も笑みを含んで答え、やがて辞儀をして門を出ると、彼女も入れ替わりに中に入っていった。

「なんか、恐くて強そうだね」

「ええ、でもたまにうちに買い物に来ます。見かけより優しい方ですよ」

歩きながら言うと、小梅も笑窪《えくぼ》を浮かべて答えた。

やがて清四郎は小梅を桂屋に送り届け、自分は長屋に戻って春画の続きに取りかかった。

二組の母娘の肉体を知り、様々な体位も経験したので構図も充実してきた。

そして日が傾くと、今日はもう仕事を切り上げて、そろそろ夕餉の仕度をしようと思った。

すると、そこへ登志が訪ねてきたのだ。淫気を催して来たのではなく、何やら心配事がありそうな顔つきである。

「どうかしましたか」

とにかく中へ入れると、登志は上がらず、框《かまち》に腰をかけた。

「大変。さるお旗本が、小梅を奉公にほしいって言ってきたのよ」

「え……？」

言われて、清四郎は目を丸くして聞き返した。

「どういうことです？」

「たまたま買い物に来て、小梅を見初《みそ》めて話してきたのだけれど……。もちろん許婚《いいなずけ》がいて近々婚儀だと言ってお断りすると、ほんの一月でも良いと熱心に言われて……」

登志が言う。

確かに、武士でも女への土産を買うため店に来ることはあるだろう。登志にしてみれば、娘が旗本に奉公するのは店の箔づけにもなるし、今後ともお得意になれば願ってもないことかも知れない。

「それは、お登志さんと小梅ちゃんで話し合って下されば良いと思います。小梅ちゃんさえ嫌でなければ」

「構わないかい？　婚儀が一月ばかり伸びても」

「はい。それぐらいは待てますし」

元より清四郎にとっては、降って湧いたような婚儀の話だから、ご破算になるわけではなし、否と言える立場でもなかった。

「じゃ、そのようにさせてもらうわ」

「相手は、どんな人なのです」

「勘定奉行のご子息で、古葉一之助《こばいちのすけ》様という、二十歳ちょっとの方」

「そんな若いのですか」

いきなり娘を見初めるのだから、もっと年配かと思っていた清四郎は驚いて言った。

「じゃ、清さんさえ構わないのなら」

登志は言い、用向きだけで帰っていった。

清四郎は戸締まりをし、手早く夕餉を作って食べた。

考えてみれば決まってから婚儀までが慌ただしそうだから、少し間が空くのも悪いことではないだろう。

まして今は鞘香や咲耶母娘とも懇《ねんご》ろになっているし、桂屋へ婿入りしたら、そうそう身勝手には行動できないから、淫《みだ》らな意味では清四郎にとって好都合だったのである。

やがて洗い物を終えると、すっかり暗くなったので彼は行燈《あんどん》を消し、二階へ引き上げて寝巻に着替えてしまった。

油代も勿体ないので、あとは寝るだけである。

するると障子が開き、窓から誰かが入ってきたではないか。

「うわ……！」

驚いて声を上げると、それは檜皮色《ひわだいろ》の短い袖無し衣を着て、太腿も露わな髪の長い女。

顔を見れば、髪を下ろして束ねた鞘香ではないか。

「さ、鞘香様……、そのなりは一体……」

「これが姥山《うばやま》の素破《すっぱ》の、本来の姿なのですよ。夜の散歩には、闇に紛《まぎ》れて丁度良いのです」

鞘香が、草鞋《ぞうり》を脱いで笑顔で答える。どうやら屋根から屋根へ飛び移って来たらしい。

胸元から豊かな谷間が見え、ムッチリした太腿が夜目にも白かった。

腰は荒縄を巻いて、左腰には脇差。黒の手甲脚絆も格好良く、たちまち清四郎は勃起してきてしまった。

鞘香もそのつもりで来たらしく、すぐにも脇差を置き、荒縄の帯を解いて衣を脱ぎはじめた。

生ぬるく甘ったるい、熟《う》れた女の体臭が部屋に立ち籠めはじめた。

「いい匂い……」

清四郎は、まだ脱いでいる最中にも我慢できなくなり、鞘香の胸に縋り付いてしまった。

「本当は、素破は全ての匂いを消して戦場に赴くものなのですが、今は泰平だしそなたもありのままの匂いが好きそうだから」

鞘香は言い、彼がしがみつくのも構わず全て脱ぎ去り、一糸まとわぬ姿になってくれた。

清四郎も、着たばかりの寝巻を脱いで下帯も取り去りながら、全裸になって鞘香を布団に押し倒していった。

甘えるように腕枕してもらい、腋の下に顔を埋めながら、目の前の豊かな乳房に手を這わせた。腋毛《わきげ》の隅々《すみずみ》には、甘ったるい汗の匂いが濃厚に籠もり、悩ましく鼻腔を刺激してきた。

鞘香も仰向けになり、受け身体勢で熟れ肌を晒してくれた。

彼はのしかかって乳首に吸い付き、舌で転がしながら美女の体臭に包まれ、顔中を豊かな膨らみに押しつけて感触を味わった。

「ああ……」

鞘香もすっかり淫気が高まっていたように、熱く喘いでうねうねと熟れ肌を悶えさせた。

もう片方にも吸い付いて舐め回し、柔らかな肌の弾力を味わい、徐々に舌で下降していった。腹部に顔を押しつけながら臍《へそ》を舐め、張り詰めた下腹から腰、太腿から脚を舐め下りた。

滑らかな脛をたどり、足裏に行って舌を這わせ、指の間に鼻を押しつけると蒸《む》れた匂いが馥郁《ふくいく》と鼻腔を刺激してきた。

清四郎は美女の足の匂いを貪《むさぼ》り、爪先にしゃぶり付き、全ての指の股を舐めて汗と脂《あぶら》の湿り気を吸収した。もう片方も含んで念入りに舌を這わせ、やがて腹這いになって股間に顔を進めていった。

鞘香も両膝を大きく開き、彼の顔を迎え入れた。

清四郎は張りのある内腿を舐め上げ、熱気の籠もる陰戸に迫った。はみ出した陰唇《いんしん》がヌメヌメと淫らな蜜汁に潤い、彼は堪《たま》らずに顔を埋め込んでいった。

柔らかな茂みに鼻を擦りつけると、やはり濃厚な汗とゆばりの匂いが入り混じり、悩ましく胸に沁み込んできた。

彼は美女の体臭を貪り、舌を這わせて淡い酸味のヌメリをすすった。

そして息づく膣口の襞《ひだ》を掻き回すように舐め、突き立ったオサネまで舌先でたどっていった。

「あう……、いい……！」

鞘香がビクッと反応して口走り、離さぬかのようにキュッと内腿できつく彼の顔を挟み付けてきた。

清四郎はチロチロと弾くようにオサネを舐めては、上の歯で包皮を剝き、完全に露出した突起に吸い付いた。

さらに腰を浮かせ、白く豊満な谷間に鼻を埋め込み、顔中にひんやりした双丘を受け止めながら蕾《つぼみ》に籠もった悩ましい匂いを嗅いだ。

鼻腔を刺激されながら舌を這わせ、細かな襞を念入りに濡らしてからヌルッと潜り込ませ、気が済むまで粘膜を味わった。

「も、もういいわ……、私が……」

鞘香は前と後ろを舐められ、すっかり高まったように声を震わせて言い、身を起こしてきた。

入れ替わりに清四郎が仰向けになると、すぐにも彼女が股間に屈み込んだ。

熱い息を籠もらせ、先に脚を浮かせて肛門を舐めてくれ、ヌルッと押し込んできた。

「く……！」

清四郎は呻き、モグモグと美女の舌を肛門で味わった。

さらに彼女はふぐりを舐め回して睾丸を転がし、肉棒の裏側をゆっくり舐め上げてきた。

鞘香は先端にヌラヌラと舌を這い回らせ、鈴口から滲む粘液をすすり、張りつめた亀頭を含んで吸い付き、さらに喉の奥までスッポリと呑み込んでいった。

三

「ああ……、気持ちいい……」

清四郎はうっとりと喘ぎ、美女の生温かな口の中で、唾液にまみれた幹をヒクヒク震わせた。

先端がヌルッと喉の奥の肉に触れても苦しむ様子はなく、鞘香は上気した頬をすぼめて吸い付き、クチュクチュと長い舌をからみつけてくれた。

肉棒は美女の唾液に温かくまみれ、快感を高めてヒクヒクと震えた。

やがて鞘香は吸い付きながらチュパッと口を引き離し、すぐにも身を起こして跨がってきた。

先端に陰戸を押し当て、味わうようにゆっくり腰を沈めると、屹立した一物は滑らかに呑み込まれていった。

心地よい肉襞がヌルヌルッと幹を摩擦し、熱く濡れた柔肉に包まれ、互いの股間がピッタリと密着した。

「アア……、いいわ……」

鞘香が顔を上向けて喘ぎ、キュッキュッときつく締め付けた。

そして艶《なま》めかしく腹をくねらせて、グリグリと股間を擦りつけてから身を重ねてきた。

清四郎も両手を回して抱き留め、のしかかる熟れ肌の温もりと重みを嚙み締めた。僅かに両膝を立て、内部でヒクヒクと幹を上下させると、彼女も応えるようにキュッときつく締め付けてきた。

待ちきれないようにズンズンと小刻みに股間を突き上げはじめると、何とも心地よい摩擦と締め付けが彼自身を刺激してきた。

咲耶も合わせて腰を遣い、次第に互いの動きが滑らかになり、勢いがついていった。大量に溢れる淫水がクチュクチュと音を立て、彼のふぐりにまで伝い流れてきた。

「ああ……、いきそう……」

鞘香が言い、股間をしゃくり上げるように突き動かしてきた。豊かな乳房が押しつけられ、恥毛が擦れ合ってコリコリする恥骨も感じられた。

そして彼女は、上からピッタリと唇を重ねてきた。

清四郎も、密着する柔らかな感触と唾液の湿り気を味わい、甘い吐息で鼻腔を満たした。

今日も鞘香の口は花粉のように甘い匂いが籠もり、湿り気ある芳香を嗅ぐたびに一物まで刺激が伝わっていった。

チロチロと蠢く舌を舐め回すと、滑らかな感触とともに生温かな唾液のヌメリが心地よく感じられた。

「もっと唾を出して……」

囁《ささや》くと、咲耶もことさらにたっぷりと分泌させ、口移しにトロトロと注ぎ込んでくれた。

清四郎は小泡の多いネットリとした粘液を味わい、飲み込んでうっとりと喉を潤した。

「顔中にも……」

言うと鞘香は、彼の口の周りから鼻の穴、頬から瞼まで舐め回してくれた。

舐めるというより、吐き出した唾液を舌で塗り付ける感じで、たちまち彼の顔中は美女の唾液でヌルヌルにまみれた。

「い、いっちゃう……！」

清四郎は、美女の唾液と吐息の匂いに包まれ、心地よい摩擦の繰り返しに降参するように口走った。

すると、一足早く鞘香の方が気を遣ってしまったようだ。

「き、気持ちいいッ……！　ああーッ……！」

声を上ずらせて喘ぎ、膣内を艶めかしく収縮させた。そしてガクンガクンと狂おしい痙攣を開始し、きつく締め付けてきた。

彼も続いて昇り詰め、大きな絶頂の快感に全身を貫かれた。

「く……！」

呻きながら、熱い大量の精汁をドクンドクンと内部にほとばしらせた。

「アア……、熱いわ、もっと出して……！」

鞘香が噴出を感じて喘ぎ、駄目押しの快感に、さらに収縮を強めてきた。

清四郎は激しく股間を突き上げ、心ゆくまで快感を味わいながら、最後の一滴まで出し尽くした。

力尽きて動きを止めると、

「ああ……、良かった……」

ようやく鞘香も熟れ肌の強《こわ》ばりを解いて満足げに声を洩《も》らし、グッタリと体重を預けてきた。

彼は美女の重みを感じながら、収縮する膣内でヒクヒクと幹を跳ね上げた。

そして花粉臭の息を間近に嗅ぎながら、うっとりと快感の余韻に浸り込んでいったのだった。

鞘香は力を抜いて荒い呼吸を整えていたが、やがて身を起こして懐紙を取り、そっと股間を引き離してきた。陰戸を拭い、一物も綺麗に拭き清めると、再び添い寝してくれた。

「ね、勘定奉行って、どれぐらい偉いんですか……？」

清四郎は、鞘香の温もりを感じながら、ふと思い立って訊いてみた。

「え？　老中の支配で、三千石の大旗本だけれど、なぜ？」

「許婚になったばかりの小梅が、勘定奉行の息子に見初められて、お屋敷に奉公へ上がることになったんです。まあ、一月ほどと言うけれど、確かコバとかいう名前でした」

言うと、鞘香が驚いたように半身を起こし、彼の顔を見下ろしてきた。

「古葉一之助？」

「ええ、そんな名前でしたけど……」

「それは、咲耶の許婚だわ」

「何ですって……？　ああ、逆にそれなら心配要りませんね……」

清四郎は偶然に驚きながらも、咲耶の許婚ならちゃんとした人物だろうと思い安心した。

あとで聞くと、勘定奉行には勝手方（財務の担当）と、公事方（訴訟関係の担当）に分かれ、古葉家は勝手方の方らしい。

「此度の婚儀は、殿の采配にお任せしたので、よく知らないの。殿は以前から奉行と懇意で、富士の噴火で小田浜が被害に遭ったときも見舞いをしてくれたし。今月末に顔見せで、来月の吉日に婚儀の予定だけれど」

鞘香は言い、そのまま立ち上がって身繕いをした。

「ちょっと調べてみるわ」

彼女は言い、きりりと荒縄の帯を締めて脇差を差し、窓際で草鞋を履くと、窓から出て行ってしまった。

清四郎も半身起こして見送っていたが、すぐに鞘香の姿は音も無く闇に紛れていった。彼は小さく溜息をつくと障子を閉め、寝巻を着ると布団を被って眠りに就いてしまった。

四

「御免、邪魔するぞ」

翌朝、清四郎が朝餉を終えて春画の制作にかかっていると、戸が開いて胡丈が入ってきた。

どうやら鞘香にでも長屋の場所を聞いたのだろう。

「はい、どうぞ。何かご用でしょうか」

言うと、胡丈は草履を脱いで上がり込み、傍らに端座した。

他の誰よりも甘ったるい汗の匂いが濃いので、あるいは朝稽古を終えて来たのかも知れない。

「どうも、鞘香様が夜中に何か探っているようだが、何か知らぬか。ここのところ退屈で、血が騒いでいかぬ」

胡丈が、切れ長の目でじっと清四郎を見据えて言う。

「私は何も存じませんが。それに鞘香様が、私などに何か打ち明けるわけないじゃありませんか」

清四郎は、強そうな美女を少し恐ろしく思いながら答えた。もちろん鞘香に無断で、余人に言うわけにもいかない。

「ふん、それもそうだが、何しろあの母娘は、若い男に目がないからな。あ！」

胡丈は言い、慌てて口を押さえた。

「いや、驚かぬところを見ると、母娘というのは知っているのだな。それに中屋敷での咲耶様の様子も、どうも情交を終えたような匂いと風情があった」

「私は何も」

「まあ良い。それより、春画か……」

胡丈は、書きかけの紙を見回しながら言った。

「許婚の身体だけでは参考になるまい。どうだ。私と一戦交えてみないか」

「ご、ご冗談を……」

言われて彼は慌てて答えたものの、我知らず股間が熱くなってきてしまった。考えてみれば、武家や町家の母娘を知ったものの、胡丈のような男装の女丈夫は他にない類で、激しく好奇心が湧いた。

それに胡丈も、鞘香と咲耶のことを言いつつ、自分もかなり若い男に目がないような素振りであった。

「冗談ではない。こうして会っているのも何かの縁、床は二階か」

「はい……」

「では参ろうか。仕事の邪魔をして済まぬが」

彼女は大刀を右手に持ち、軽やかに階段を上がっていった。

清四郎も、急いで戸締まりをしてから二階に上がり、その間に後戻りできないほど勃起してきてしまった。

胡丈は万年床を見下ろし、大小を部屋の隅に置くと、すぐにも袴の紐を解きはじめていた。

「ほ、本当に……？」

「ああ、何でも望み通りにしてやろう。早く脱げ」

男言葉で言われ、清四郎も帯を解き、手早く着物と下帯を脱ぎ去ると全裸で仰向けになってしまった。

胡丈は、屹立した一物を見下ろして満足げに頷き、着物と襦袢《じゅばん》まで脱ぎ去り、たちまち一糸まとわぬ姿になっていった。

「あ、あの……」

「何だ。望みがあれば何でもしてやるぞ」

「では、足を私の顔に……」

「なに、こうか」

言うと、胡丈は立ったまま彼の顔の横に立ち、壁に手を付いて片方の足を浮かせてきた
大きくがっしりした足裏が、それでもそっと彼の顔に乗せられた。

清四郎は生温かな感触と湿り気を感じながら、硬い踵《かかと》と、やや柔らかい土踏まずを舐め回した。

「ああ……、くすぐったくて心地よい……」

胡丈が喘ぎ、引き締まった肢体《したい》をくねらせて反応した。

あるいは、相当に淫気を溜め込んでいるのだろう。

頑丈そうで長い指の間に真下から鼻を割り込ませると、汗と脂に湿って蒸れた匂いが濃厚に鼻腔を刺激してきた。

清四郎は男装美女のムレムレの匂いを貪ってから、爪先にしゃぶり付き、順々に指の股に舌を潜り込ませていった。

「あう……、いい気持ち……」

胡丈が次第に息を弾ませて言い、やがて彼が舐め尽くすと足を交代した。清四郎は、そちらも存分に味と匂いを堪能した。

「どうか、顔を跨いでしゃがんで下さい……」

恐る恐る頼むと、胡丈はためらわず長い脚で顔に跨がり、厠《かわや》に入ったようにしゃがみ込んでくれた。

引き締まって逞《たくま》しい脛には野趣溢れる体毛が見え、筋肉質の内腿もムッチリと張り詰めて股間が鼻先に迫ってきた。生ぬるい熱気と同時に、悩ましい汗とゆばりの匂いも鼻腔をくすぐった。

腹は筋肉が段々になり、乳房は大きめではないが張りがあり、肩と二の腕の筋肉も発達していた。

同じ強くても鞘香のような女の肌に覆われておらず、逞しい男に近い骨格だった。そして股間の茂みも情熱的に濃く、オサネは他の誰よりも大きかったが、割れ目からはみ出す陰唇は興奮にヌラヌラと潤っていた。

僅かに開いた陰唇の間からは、襞を入り組ませて息づく膣口が覗き、尿口もはっきり見えた。

清四郎が割れ目に顔を埋めるまでもなく、胡丈の方からギュッと股間を押しつけてきた

剛毛に近い恥毛が鼻を覆うと、さらに濃い汗とゆばりの匂いが悩ましく鼻腔を掻き回し、胸に沁み込んできた。

もちろん嫌ではなく、むしろ清四郎は激しく興奮を高めながら貪るように嗅いだ。そして舌を這わせ、酸味混じりのヌメリをすすり、膣口から大きめのオサネまで舐め上げていった。

「アア……、いい……！」

胡丈がビクリと下腹を波打たせて喘ぎ、さらにグイグイと押しつけてきた。

光沢を放ち亀頭の形をしたオサネは親指の先ほども大きく、ツンと硬く突き立っていた。

清四郎は執拗《しつよう》に舌を這わせ、吸い付いた。新たな淫水がトロトロと湧き出して口に流れ込み、彼は心地よく飲み込んだ。

さらに引き締まった尻の真下に潜り込み、顔中に丸い双丘を受け止めながら谷間の蕾に迫った。日頃から稽古で力んでいるせいでもないだろうが、僅かに枇杷《びわ》の先のように突き出た形が艶めかしかった。

恐ろしげな男装美女の、この部分まで迫った男は何人ぐらいいるのだろうかと思った。

鼻を埋め込むと、汗の匂いに混じって秘めやかな微香が生々しく胸に沁み込んできた。

充分に嗅いでから舌先でチロチロと襞を舐め、ヌルッと潜り込ませると、甘苦いような微妙な味わいとともに滑らかな粘膜が舌を締め付けてきた。

「く……」

胡丈は息を詰めて呻き、キュッときつく肛門を締め付けてきた。

彼は舌を出し入れさせるように蠢かせ、収縮する粘膜を心ゆくまで味わい、再び陰戸に戻って大量の蜜汁をすすった。

「ああ……、気持ちいい……、私も……」

胡丈は喘ぎながら身を反転させ、清四郎の顔に股間を押しつけたまま女上位の二つ巴の体勢となり、屈み込んで一物にしゃぶり付いてきた。

清四郎の顔の上の陰戸が逆向きになり、彼は下の方に来たオサネにチュッと吸い付き、鼻を割れ目に擦りつけた。

「ンン……」

胡丈は熱い鼻息でふぐりをくすぐりながら、スッポリと喉の奥まで一物を呑み込んで吸い付いてきた。

彼は快感に息を詰め、美女の口の中でヒクヒクと幹を震わせた。

胡丈は幹を丸く締め付け、内部ではクチュクチュと舌をからめ、生温かな唾液で彼自身をまみれさせてくれた。

競い合うようにオサネを吸うと、胡丈の吸引も増し、彼の目の上にある肛門が艶めかしく震えた。

伸び上がって彼女の陰戸も尻も交互に舐め回すと、胡丈も一物を貪るようにしゃぶり、スポンと引き離してはふぐりにも舌を這わせて睾丸を転がし、股間に熱い息を籠もらせた。

さらに彼の脚を浮かせて抱え、肛門まで舐め回してくれたのである。

「あう……！」

ヌルッと舌が潜り込むと、清四郎は妖しい快感に呻き、浮かせた脚で胡丈の腕を挟み付けながらモグモグと肛門を締め付けて舌を味わった。

そして彼は唾液に濡れた胡丈の肛門に浅く指を入れて小刻みに出し入れさせ、膣口にも二本の指を押し込んだ。そちらも内壁を摩擦し、オサネに舌を伸ばして前後の穴を愛撫した。

「き、気持ちいいけれど、漏れてしまいそう……」

胡丈が言い、清四郎はそれぞれの穴からヌルッと指を引き抜いた。

「どうか、飲ませて下さい……」

「良いのか……、いっぱい出るかも……」

思わず下から言うと、意外にも胡丈が息を詰めて答えた。あるいは今までに体験があるのかも知れない。

それにしても小田浜藩の女たちは、三人が三人ともどんな要求でも呑んでくれるのが不思議だった。町家の登志と小梅の方が、ずっと初々《ういうい》しく羞《は》じらいが多いのである。

「はい、お出し下さいませ……」

いっぱいと言われて怯《ひる》むわけにはいかずに彼は答えた。それに胡丈も、すでにする気になって下腹に力を入れていた。

清四郎は割れ目に口を当て、淫水に濡れた柔肉を舐め回した。

すると、みるみる柔肉が迫り出すように盛り上がり、味わいと温もりが急に変わった。

「で、出る……」

胡丈が言うなり、黄金色の雫がポタポタと滴り、すぐにチョロチョロとした一条の流れとなった。

彼はこぼさぬよう開いた口を押しつけたまま流れを受け止め、噎《む》せないように注意しながら喉に流し込んでいった。

もちろん味や匂いを嚙み締める余裕もなく、とにかく飲み込んだが特に抵抗感も湧かなかった。

「アア……、変な気持ち……」

ゆるゆると放尿しながら胡丈が喘ぎ、勢いを増して注ぎ込んできた。

しかし溢れる寸前に流れが急速に弱まり、清四郎も辛うじてこぼさずに済んだのだった。

再び点々と滴る雫を舌に受けて舐め取りながら、あらためて淡い味と匂いを堪能した。

舌を挿《さ》し入れて濡れた柔肉を舐め回すと、すぐにも新たな蜜汁がヌルヌルと溢れて舌の動きを滑らかにさせ、ゆばりが洗い流されて淡い酸味のヌメリが満ちていったのだった。

五

「ああ……、気持ちいい……」

胡丈が下腹をヒクヒクと波打たせながら喘ぎ、自分も鼻先にある一物に再びしゃぶり付いてきた。

「う……」

清四郎も快感に呻き、クネクネと腰をよじらせて高まった。

すると胡丈はスポンと口を離して顔を上げ、彼の顔からも股間を引き離して向き直った。そして清四郎の胸に舌を這わせ、左右の乳首を舐め回し、音を立てて吸い付いてきた。

さらにキュッと頑丈そうな歯が乳首に立てられると、

「アアッ……、もっと……」

思わず清四郎はビクッと反応して喘ぎ、強い刺激をせがんでしまった。

胡丈もキュッキュッときつく嚙んでくれ、左右の乳首を充分に刺激して熱い息を弾ませた。

清四郎は甘美な痛みと快感にクネクネと身悶え、さらに胡丈は彼の脇腹や下腹の肉も、大きな口を開けて頰張ってくれた。

「あうう……、もっと強く……」

彼は美しい牝獣に食べられているような快感に呻き、胡丈の綺麗な歯が肌に食い込むたび、歓喜にピクンと肉棒を震わせた。

そして舌と歯で愛撫をしながら胡丈は彼の股間に跨がり、屹立した先端に割れ目を擦りつけ、手を使うことなく位置を定めると、ゆっくりと奥まで受け入れていった。

「ああ……、いい……」

ヌルヌルッと根元まで滑らかに納めてゆくと、胡丈が股間を密着させて熱く喘いだ。

清四郎も、肉襞の摩擦ときつい締め付け、熱いほどの温もりに包まれながら快感を嚙み締めた。

そのまま彼女は肌を重ね、清四郎の肩に腕を回して抱きすくめた。

そして伸び上がるようにして、張りのある乳房を彼の鼻と口にキュッと押しつけてきたのだった。

「く……」

彼は心地よい窒息感に呻き、コリコリと硬くなった乳首を含み、吸い付きながら舌で転がした。

「嚙んで……」

と、胡丈が言った。彼女もまた、日頃から過酷な稽古に明け暮れているようで微妙な愛撫よりは強い刺激を好むのだろう。

清四郎が遠慮がちに歯を立てると、

「もっと強く……」

胡丈が言って膨らみを押しつけてきた。汗ばんだ胸元や腋からは、濃厚に甘ったるい体臭が漂い、彼は女の匂いに噎せ返りながら、キュッキュッと強めに乳首を嚙んだのだった。

「アア……、こっちも……」

胡丈が喘ぎながら、もう片方の乳首を突きつけてきた。清四郎はそちらも含んで吸い付き、歯を強めに当てて愛撫した。

「いい気持ち……」

彼女が熱く喘ぎ、徐々に腰を遣いはじめていった。

清四郎は両の乳首を充分に歯と舌で刺激し、さらに腋の下にも顔を埋め込んで腋毛に鼻を擦りつけた。

甘ったるい汗の匂いが生ぬるく濃厚に籠もり、悩ましく清四郎の鼻腔を刺激してきた。

他の誰よりも濃い体臭に噎せ返り、やがて彼も両手を回して下からしがみつきながら、ズンズンと股間を突き上げはじめた。

「ああ……、もっと奥まで……」

胡丈が突き上げに合わせて動き、熱く喘いだ。

ヌラヌラと大量に溢れる淫水が律動を滑らかにさせ、クチュクチュと淫らに湿った摩擦音を響かせた。

清四郎は、すぐ鼻先で喘ぐ美女の口を見上げた。

形良い唇が開き、白く滑らかな歯が頑丈そうにキッシリと隙間なく並び、間からは熱く湿り気ある息吹が洩れていた。

それは花粉のように甘い匂いを含んでいたが、似た匂いの鞘香よりも毒々しいほど刺激が濃く、悩ましく鼻腔を掻き回してきた。

「ああ……、いい匂い……」

思わず言いながら口に鼻を押し当て、うっとりと嗅いだ。

すると胡丈も激しく腰を遣いながら、口を開いて惜しみなくかぐわしい息を吐きかけてくれた。

さらに彼の鼻に歯を立て、軽く刺激してくれた。

清四郎は美女の口の中を嗅ぎ、野趣溢れる甘い刺激に酔いしれながら突き上げを強めていった。

胡丈は彼の頬にも歯を食い込ませ、キュッキュッと一物を締め付けた。

「ど、どうか、もっと優しく……」

清四郎はもがきながら、降参するように言った。

甘美な痛みは心地よいが、さすがに頬に歯形が付くのは困る。すると胡丈も甘噛みに切り替えてくれ、彼の左右の頬や耳たぶにも歯を立ててきた。

そして上からピッタリと唇を重ね、ヌルリと長い舌を潜り込ませてきた。

清四郎も舌をからめ、滑らかな感触と生温かな唾液のヌメリを味わった。

「ンン……」

胡丈は熱く鼻を鳴らし、少しでも奥まで舐め回すよう口を押しつけ、舌を蠢かせた。彼女が下向きのため、トロトロと熱い唾液が注がれ、清四郎はうっとりと喉を潤した。

「もっと唾を……」

囁くと、胡丈もことさらに多めの唾液を口移しに吐き出してくれた。

小泡の多いネットリとした唾液を飲み込むと、甘美な悦《よろこ》びが胸いっぱいに広がっていった。

「か、顔中にも……」

じわじわと絶頂を迫らせて言うと、胡丈もたっぷりと唾液に濡れた舌で顔中を舐め回し、生温かくまみれさせてくれた。

「ああ、いきそう……」

美女の唾液と吐息の匂いに包まれ、一物を心地よい肉襞に摩擦されながら清四郎は口走った。

「まだ、もう少し……」

胡丈が言い、激しく股間を擦りつけてきた。

恥毛が入り混じり、コリコリする恥骨の膨らみが痛いほど下腹部を刺激した。

亀頭の雁首が内部の天井をヌラヌラと擦り、それが心地よいらしく胡丈も執拗に腰を遣った。

粗相したように溢れる淫水も、互いの股間をビショビショにして伝い流れ、彼の尻から下の布団にまで沁み込んでいた。

清四郎は必死に暴発を堪えたが、やがて胡丈も高まったようだ。

「アア……、可愛い……！」

胡丈は声を上ずらせて口走り、彼の顔中を舐め回しながら急激に膣内の収縮を活発にさせた。

「い、いっちゃう……、アアーッ……！」

一変して女らしく喘ぐなり、彼女はガクンガクンと狂おしい痙攣を開始した。

清四郎も、艶めかしい膣内の収縮に巻き込まれ、続いて激しく昇り詰めてしまった。

「いく……！」

大きな絶頂の快感に突き上げられて口走ると、清四郎はありったけの熱い精汁をドクンドクンと勢いよく内部にほとばしらせた。

「あう……、気持ちいい……！」

胡丈は噴出を感じて呻き、キュッときつく締め上げてきた。

清四郎は激しく股間を突き上げ、心地よい摩擦のなか心置きなく最後の一滴まで出し尽くしていった。

「アア……、溶けてしまいそう……」

胡丈も相当に良かったらしく、飲み込むように収縮させながら喘いだ。

あるいは、かなり久しぶりの情交だったのだろう。

すっかり満足した清四郎が徐々に突き上げを弱めていくと、胡丈も次第に肌の硬直を解き、グッタリともたれかかってきた。

「ああ……、良かった……」

彼女が熱い呼吸を繰り返しながら言い、遠慮なく体重を預けた。

清四郎は逞しい美女の重みと温もりを受け止め、きつく締め付けられるたび内部でヒクヒクと幹を跳ね上げた。

「く……」

胡丈が感じすぎたように呻き、ビクリと身を強ばらせた。

やはり頑丈な美女でも、気を遣った直後は全身が射精直後の亀頭のように過敏になっているのだろう。

清四郎は美女の熱く甘い息を間近に嗅ぎながら、うっとりと快感の余韻を噛み締めたのだった……。

第五章　許婚《いいなずけ》の旗本は好色漢？

一

「今朝がた、小梅はお屋敷へ行ったよ。今夜から一人きりで寂しいから、清さんに来てほしいけれど、やっぱりけじめはちゃんとしないとね……」

昼過ぎ、清四郎が湯屋に寄ってから出来た春画を持って行くと、さすがに登志が寂しげに言った。

もう今日は売り上げも良かったようだから、登志は清四郎が来たらすぐに店を閉め、彼を座敷に呼んだのである。

もちろん床が敷き延べられているから、寂しさも手伝ってすぐにも淫気を催したのだろう。婚儀前に彼が泊まり込むのは世間体が悪いが、昼間の密会は良いようだった。

「何でも、勘定奉行の息子は、咲耶様の許婚《いいなずけ》らしいですよ」

「まあ、本当？　それなら、ちょっとは安心したわ……」

清四郎が言うと、登志も先日の彼と同じような反応をした。それなら、嫁いでからも咲耶は桂屋を贔屓にしてくれると思ったのだろう。

そして気を取り直し、登志は春画を見て代金を渡してくれた。

「ご隠居の評判は上々だよ。この調子でもっと描いておくれ」

「はい。あの、また陰戸《ほと》を見ておきたいのですけれど……」

「ええ、じゃ清さんも脱いで……」

彼の言葉に、登志も早々と仕事の話を切り上げて答えた。

清四郎が頷《うなず》いて立ち上がり、帯を解きはじめると、彼女もすぐに脱ぎはじめてくれた。

先に全裸になり、期待に勃起しながら布団に座って待っていると、たちまち登志も一糸まとわぬ姿になり仰向けになってきた。

「そんな、真っ先に見るの……？」

「ええ、夢中になってしまう前に、明るいところで冷静に見ておきたいので」

彼が言うと、登志も観念したように両膝を開いてくれた。

清四郎も腹這い、彼女の股間に顔を進めていった。

「アア……、恥ずかしいわ……、でもお仕事のためだから……」

登志は声を震わせて言い、さらに大股開きになってくれた。

白くムッチリとした内腿の間に顔を割り込ませると、早くも陰戸から発する熱気と湿り気が、悩ましい匂いを含んで鼻腔を刺激してきた。

熟《う》れた割れ目は早くも興奮に色づき、間からネットリとした淫水が溢《あふ》れはじめていた。

そっと指を当てて陰唇《いんしん》を広げると、桃色の果肉がヌメヌメと潤《うるお》い、小梅を産みだした膣口が襞《ひだ》を震わせて息づいていた。

オサネも光沢を放って包皮を押し上げるように突き立ち、割れ目の下側では薄桃色の肛門もキュッとつぼまっていた。

「も、もういいでしょう……」

彼の熱い視線と息を感じ、登志がか細く言うなり、溢れた蜜汁がトロリと溢れて伝い流れた。

清四郎も興奮を高めて観察を止め、そのまま吸い寄せられるように登志の股間へと顔を埋め込んでいった。

柔らかな茂みに鼻を擦りつけて嗅ぐと、汗とゆばりの匂いが生ぬるく鼻腔を刺激してきた。舌を這わせ、膣口の襞を掻き回すと淡い酸味のヌメリが動きを滑らかにさせた。

そして柔肉《やわにく》をたどり、コリッとしたオサネまで舐《な》め上げていくと、

「ああッ……、感じる……!」

登志がビクッと顔を仰《の》け反《ぞ》らせて喘《あえ》ぎ、内腿でキュッときつく彼の両頬を挟み付けてきた。

清四郎もチロチロと弾くようにオサネを舐め上げながら、彼女の脚を浮かせて白く豊満な尻の方にも移動していった。

蕾《つぼみ》に鼻を埋めると、丸い双丘が心地よく顔中に密着し、秘めやかな匂いが鼻腔を刺激してきた。

何度も深呼吸して美女の恥ずかしい匂いを貪《むさぼ》ってから、舌先で蕾を舐め、襞を濡らしてからヌルッと潜り込ませた。

「あう……、駄目……」

登志が呻《うめ》き、キュッときつく肛門で舌を締め付けてきた。

彼は粘膜を舐め回し、美女の前も後ろも存分に味わった。

「も、もう堪忍《かんにん》……」

登志が降参するように言うので、清四郎も股間から這い上がり、柔らかな腹と臍《へそ》を舐め、豊かに息づく乳房に顔を寄せていった。

色づいた乳首にチュッと吸い付くと、

「アア……！」

登志が喘ぎ、両手を回して彼の顔中を柔らかな膨らみに押しつけてきた。

清四郎は心地よい窒息感の中で乳房の感触に包まれ、硬く勃起した乳首を舌で転がした。

股間から胸と順序が逆になったが、もう登志はどこに触れても激しく反応し、甘ったるい体臭を揺らめかせて悶《もだ》えた。

左右の乳首を交互に愛撫し、腋の下にも顔を埋めると、柔らかな腋毛《わきげ》の隅々《すみずみ》にも濃厚な汗の匂いが甘ったるく籠もっていた。

彼は美女の体臭に噎《む》せ返り、勃起した一物《いちもつ》をグイグイと太腿に擦りつけた。

すると登志が指を這わせ、やんわりと幹を握りながら身を起こしてきた。

清四郎が布団に座り、後ろに手を付いて股間を突き出すと、すぐにも彼女が亀頭を含み、ネットリと舌を這わせてくれた。

「ああ……、気持ちいい……」

清四郎は快感に喘ぎ、ヒクヒクと幹を震わせた。

「ンン……」

登志が熱く鼻を鳴らして吸い付き、スッポリと根元まで深々と呑み込んで舌をからめた。生温かな息が股間に籠もり、肉棒はネットリと唾液にまみれてヒクヒクと震えた。

しかし唾液に濡らしただけで、やはり交接を求めるように登志がすぐにスポンと口を引き離し、再び仰向けになった。

清四郎は再び彼女の股を割って身を進め、本手《ほんて》で先端を濡れた陰戸に押しつけていった。

位置を定めると一気にヌルヌルッと根元まで押し込み、股間を密着させた。

「アアッ……、いいわ……！」

登志がキュッと締め付けながら、身を弓なりに反らして喘いだ。

彼も温もりと感触を味わいながら身を重ね、豊満な熟れ肌にのしかかっていった。すると彼女も下から両手を回し、しっかり抱き留めながらズンズンと股間を突き上げてきた。

清四郎は上から唇を重ね、柔らかな感触を味わいながら舌を挿《さ》し入れた。

滑らかな歯並びを舐めると、彼女も歯を開いてチュッと吸い付き、熱く甘い息を弾ませた。

彼が突き上げに合わせて腰を遣うと、ピチャクチャと卑猥な摩擦音がして、揺れてぶつかるふぐりまで溢れる淫水にまみれた。

「ンン……」

美女の口の中を舐め回し、生温かな唾液を味わうと、登志も熱く鼻を鳴らして蠢《うごめ》かせてくれた。彼女の息は今日も白粉のように甘い刺激を含み、馥郁《ふくいく》と清四郎の胸を酔わせた。

「ああ……、い、いきそう……」

口を離して顔を仰け反らせ、登志は淫《みだ》らに唾液の糸を引いて口走った。

そして彼の背に爪まで立て、股間を突き上げてきたのだ。清四郎も激しく股間をぶつけるように動かすと、

「ね……、おっかさんとお言い……」

と、登志が彼を熱っぽく見上げて囁《ささや》いた。

「お、おっかさん……」

「ああ、可愛い、いく……、アアーッ……！」

彼が言うと、とうとう登志が声を上げ、ガクガクと狂おしく熟れ肌を痙攣させて気を遣ってしまった。

清四郎も収縮する膣内の摩擦に昇り詰め、大きな快感を味わいながら熱い大量の精汁をドクンドクンと勢いよく注入した。

「あう……、もっと……！」

精汁の噴出と幹の震えを感じ取り、登志が駄目押しの快感を得たように呻き、キュッキュッときつく締め付けてきた。

清四郎は深々と肉棒を突き入れながら、心ゆくまで快感を味わい、最後の一滴まで出し切っていった。

満足しながら徐々に動きを弱め、力を抜いて熟れ肌に体重を預けると、

「ああ……、何て気持ちいい……」

登志も声を洩《も》らし、すっかり満足したように強《こわ》ばりを解いてグッタリと四肢を投げ出していった。

動きを止めても膣内がキュッキュッと名残惜しげな痙攣を続け、刺激されると一物がヒクヒクと内部で震えた。

やがて登志は、失神したように目を閉じ、欲も得もないように清らかな表情で荒い呼吸を繰り返した。

清四郎も遠慮なくのしかかり、息づく肌の温もりと感触に包まれた。

そして喘ぐ口に鼻を押し込み、湿り気ある甘い息の匂いを嗅ぎながら、うっとりと余韻を嚙み締めたのだった。

二

「さ、咲耶様……！」

夜半、清四郎は二階の窓から入ってきた檜皮色《ひわだいろ》の衣の素破《すっぱ》に目を丸くした。

全く同じ衣装であるが鞘香ではなく、若い咲耶の方であった。

「母上から聞き、古葉の屋敷を探ってみたが、小梅はいない」

「え……？」

咲耶の言葉に、清四郎は小首を傾げた。

まだ六つ半（午後七時頃）で、もちろんまだ眠っておらず、横になろうとした頃合いであった。

どうやら咲耶は素破の衣装で単身、勘定奉行である古葉家の屋敷に忍び込み、一之助の動静を探ったようだが、奉公に上がったはずの小梅が見当たらないようなのだ。

「どういうことでしょうか……」

「おそらく、一之助につるんでいる町人の家ではないかと思う」

咲耶が腰を下ろし、重々しく言った。

長い髪を束ねて垂らし、腕も太腿も露わな姿は、凛然《りんぜん》とした中にも、言いようのない色気が感じられた。

「では、屋敷への奉公は口実で、好色な町人に小梅を差し出した？」

「まだ分からない。でも猶予《ゆうよ》もならないので、明日には探し当てて母上と、我らの探りに気づいた胡丈と三人で押しかける」

「で、では私も参ります。足手まといでしょうが……」

「分かった。母上に相談してみましょう」

咲耶は、姫君の衣装のときとは別人のように凛然とし、その迫力は胡丈の何倍もあった。

話を聞くと、どうやら一之助は家では真面目を装っているようだ。

何しろ次期の勘定奉行であるし、父親も恐いのだろう。

しかし、それだけに取り巻きの町人は多いようだった。

一之助も、家からもらえる小遣いでは不自由しているだろうから、大店《おおだな》からの賄賂《わいろ》を当てに、持ちつ持たれつの関係を続けているのかも知れない。

「今度ばかりは、殿の見る目も外れたようです」

咲耶は、自分の許婚のことだから必死で、またその表情も沈鬱《ちんうつ》であった。

今宵も、鞘香は暗躍して小梅のいそうな商家を探っているらしく、またすぐ咲耶も赴《おもむ》くのだろう。

「ね、力がほしい。飲ませて……」

咲耶が言ってにじり寄り、清四郎の寝巻の裾をまくった。

淫法の手練れは、男の精汁で力をつけるのだろうか。あるいは小梅を思う清四郎の精汁を取り入れ、引き合う気持ちを探る助けにするのだろうか。

そのまま布団に押し倒された清四郎は、小梅が心配で、今夜ばかりは淫気どころではなかった。

しかし咲耶は彼の下帯を解き去り、やわやわと微妙に一物を揉んで指の愛撫を開始した。

「さ、咲耶様……、ああ……」

さすがに淫法使いの愛撫は巧《たく》みで、萎縮していた肉棒はみるみる咲耶の手の中でムクムクと勃起していった。

そして彼女は清四郎に添い寝し、一物を揉みながら唇を重ねてきた。

さすがに咲耶は、彼が女の唾液と吐息を好むことを見抜き、早く高めようとしているようだった。

「ンン……」

彼女は熱く鼻を鳴らして舌を挿し入れ、密着した唇をさらにグイグイと強く押しつけてきた。

熱く湿り気ある、甘酸っぱい息の匂いが鼻腔を刺激し、滑らかな舌を味わい、注がれる生温かな唾液を飲みながら、清四郎もジワジワと高まってきた。

その間も指の愛撫が続き、いつか彼自身は最大限に勃起し、ピンピンに張り詰めてしまった。

咲耶も、充分に清四郎に唾液を飲ませ、さらに唇を離すと、大きく開いた口で彼の鼻を覆った。惜しみなく果実臭の息を吐き出され、彼は胸いっぱいに吸い込んで酔いしれた。

姫君の肺腑から出た熱い空気が、可憐な口の匂いを含んで鼻腔を湿らせ、彼は今にも果てそうになってきた。

すると充分と見たか、咲耶が口を離し、一物に顔を寄せていった。

同時に彼女も女上位の二つ巴の体勢になって、清四郎の顔を上から跨《また》いできたのである。

彼は下から咲耶の腰を抱え、陰戸に口を押し当てた。

ヌメリはそれほどでもないが、オサネを舐めると目の前の肛門がヒクヒクと艶《なま》めかしく収縮した。

咲耶も先端をヌラヌラと舐め回し、スッポリと喉の奥まで肉棒を呑み込み、熱い鼻息でふぐりをくすぐってきた。

「う……」

清四郎は絶頂を迫らせて呻きながら、潜り込むようにして咲耶の茂みに鼻を擦りつけて嗅いだ。

素破が行動するときは匂いを消すと聞いていたが、敵は素破ではないので、彼女もありのままの匂いをさせていた。恥毛には甘ったるい汗の匂いが生ぬるく籠もり、ゆばりの匂いも悩ましく入り混じっていた。

やがて咲耶が顔を上下させ、小刻みにスポスポと濡れた口で強烈な摩擦を開始してきた。

清四郎も快感を高めながら股間を突き上げ、まるで情交するように姫君の口を犯した。

そして咲耶の体臭で充分に胸を満たしてから、濡れはじめた柔肉に舌を這わせて淡い酸味をすすり、オサネを舐め回した。

しかし咲耶は集中しているように反応はせず、ひたすら肉棒をしゃぶり続けていた。

さらに彼は伸び上がり、白く形良い尻の谷間に鼻を埋め込んで、可憐な薄桃色の蕾に籠もった微香を貪った。

その悩ましい刺激が鼻腔に満ちると、もう我慢できず、清四郎は昇り詰めてしまった。

元より今宵の咲耶は自身の快楽を求めておらず、ただ活力の源として精汁を欲しているだけだから、特に長引かせる必要もないだろう。

「く……！」

大きな快感に全身を貫かれ、彼は呻きながら熱い精汁をほとばしらせた。

「ンン……」

咲耶は喉の奥に勢いの良い噴出をドクドクと受けて小さく鼻を鳴らし、さらに強く吸い出してくれた。

「ああ……、気持ちいい……」

清四郎は腰をよじりながら喘ぎ、心置きなく姫君の口に一滴余さず出し尽くしていった。

最初は小梅が心配で、その気にならなかったのに、さすがに淫法使いの愛撫にはひとたまりもなかったようだ。

満足しながら突き上げを止め、グッタリと力を抜くと、咲耶も吸引と舌の動きを止め、亀頭を含んだまま口に溜まった精汁をゴクリと飲み込んでくれた。

「あう……」

口腔がキュッと締まると、彼は駄目押しの快感に呻き、咲耶の口の中でピクンと幹を震わせた。

飲み干した咲耶もチュパッと口を引き離し、なおも幹をしごきながら鈴口に滲《にじ》む余りの雫《しずく》を丁寧に舐め取ってくれた。

「アア……、ど、どうか、もう……」

清四郎は過敏にヒクヒクと反応しながら腰をよじり、降参するように言った。

ようやく咲耶が舌を引っ込めると、彼は身を投げ出し、姫君の陰戸を見上げながら、荒い呼吸を繰り返して余韻を味わった。

「では、行きます」

咲耶が身を起こし、チロリと舌なめずりしながら裾を直して言った。

「ええ、どうか小梅を……」

「分かりました」

清四郎が半身起こして言うと、咲耶も頷き、すぐに窓から飛び出すと闇に紛《まぎ》れていった。それを見送って障子を閉め、彼は小さく嘆息して布団に潜り込んだのだった……。

三

「話は聞いた。大丈夫か」

翌日、清四郎の長屋に胡丈が来て言った。

「ええ、どうにも心配で仕事になりません」

「そうか。あのお二人が懸命に探っているから、今日中にも割り出せるだろう。そうしたら三人で出向く」

「どうか、私も一緒に」

「ああ、分かった。そのように計らおう」

胡丈は言い、戸を閉めて内側に心張り棒を嚙ませた。

「慰めにもならぬが、二階へ行こう。胆力をつけるには、まず余分な力を抜くのが肝要」

彼女は言い、清四郎を促して階段を上がっていった。

清四郎も従ったものの、どうして小田浜の女たちは、何かと情交に持ってゆくのだろうと思った。

もっとも、素破の出である鞘香と咲耶がいるのだし、強い胡丈も力を貸してくれるのだから大船に乗った気持ちでいれば良いのかも知れない。それに心配して鬱々としていても始まらないのだ。

二階に行くと、すぐにも胡丈が大小を置いて袴を下ろし、着物を脱ぎはじめていた。

これはこれで、実に恵まれた巡り合わせである。

清四郎も帯を解きながら、関わりを持った多くの女たちに感謝し、胡丈の発する甘い匂いで徐々に股間を熱くさせていった。

全裸で布団に仰向けになると、やはり一糸まとわぬ姿になった胡丈が、いきなり彼を大股開きにさせて腹這い、股間に顔を寄せてきた。

束ねた長い髪が肩からサラリと流れ、内腿をくすぐった。

一物はまだ半萎《はんな》えの状態である。

「勃《た》たせて。もっと硬く」

股間から熱い息で囁き、胡丈はまずヌラヌラとふぐりから舐め回してくれた。

「アア……」

滑らかな舌が袋全体に這い回り、二つの睾丸が転がされた。彼女は熱い鼻息で肉棒の裏側をくすぐり、ときに優しくチュッと吸い付き、生温かな唾液にまみれさせた。

さらに彼の脚を浮かせて肛門をチロチロと舐めて濡らし、長い舌をヌルッと潜り込ませてきたのだ。

「あう……、こ、胡丈様……」

清四郎は畏《おそ》れ多い快感に呻き、キュッと肛門で舌を締め付けた。

胡丈も執拗《しつよう》に内部で舌を蠢かせてから、ようやく彼の脚を下ろして舌を引き抜いた。そして再びふぐりを舐め上げてから、いよいよ一物の裏側を、付け根から先端まで舌を這わせてきた。

舌先がチロチロと鈴口を舐め、張りつめた亀頭にしゃぶり付き、丸く開いた口でスッポリ呑み込まれると、

「ああ……」

清四郎も快感に喘ぎ、女丈夫の口の中で舌に翻弄されながら次第にムクムクと勃起していった。

胡丈もクチュクチュと滑らかに舌をからめ、やがて最大限に硬くなった肉棒を生温かな唾液にまみれさせた。

さらに彼女は喉の奥まで含み、上気した頬をすぼめ、熱い息で恥毛をくすぐった。そして吸い付きながらスポンと引き抜くと、

「良かった。元気になった。今度は私に」

満足げに言い、添い寝してきた。

入れ替わりに身を起こした清四郎は、彼女の足に顔を移動させていった。

大きく逞《たくま》しい足裏を舐め回し、指の間に鼻を押しつけた。

今日も剣術の稽古をしてきたのだろう。そこは汗と脂《あぶら》に生温かく湿り、蒸《む》れた匂いが濃く沁み付いていた。

彼は美女の足の匂いを貪って鼻腔を刺激され、爪先にしゃぶり付いて全ての指の股を舐め回した。

「アア……、いい気持ち……」

胡丈もうっとりと脚を投げ出して熱く喘ぎ、たまにキュッと指で舌を締め付けてきた。

味わい尽くすと、もう片方の足裏と指の股を愛撫し、味と匂いを堪能し、やがて彼は脚の内側を舐め上げていった。

胡丈も大股開きになって、彼の顔を受け入れてくれた。

ムッチリと張り詰めた内腿を舐め、ときにそっと歯を当てて肌の弾力を味わいながら股間に迫ると、熱気とともに悩ましい匂いが顔を包み込んできた。

見ると割れ目からはみ出した陰唇はヌメヌメと大量の蜜汁にまみれ、間から光沢ある大きめのオサネが顔を覗かせていた。

恥毛に鼻を埋め込むと柔らかな感触が伝わり、彼は擦りつけるようにして隅々に籠もった匂いを貪った。

甘ったるい汗の匂いが生ぬるく濃厚に籠もり、下の方には残尿臭の刺激が悩ましく入り混じっていた。

嗅ぎながら舌を挿し入れると、トロリとした淡い酸味の潤いが迎えてくれた。

舌先で息づく膣口の襞を掻き回し、ヌメリを味わいながらツンと突き立ったオサネまで舐め上げていくと、

「あう……、いい……」

胡丈がビクッと下腹を震わせて呻き、彼の顔を内腿で挟み付けてきた。

清四郎はチロチロと弾くようにオサネを舐め、チュッと吸い付いては美女の味と匂いを堪能した。

さらに腰を浮かせ、引き締まった尻の谷間に顔を迫らせていった。

指でグイッと双丘を広げ、光沢あるおちょぼ口の蕾に鼻を埋めて嗅ぐと、やはり汗の匂いに混じって秘めやかな微香が籠もっていた。

充分に嗅いでから舌を這わせ、襞を濡らしてからヌルッと潜り込ませた。

「く……！」

胡丈が呻き、キュッときつく舌が肛門に締め付けられた。清四郎は滑らかな粘膜を味わい、彼女の前も後ろも存分に愛撫した。

「来て……」

胡丈が充分に高まって言うと、彼も身を起こして股間を進めた。

強い武家女に乗るのも気が引けるが、彼女は身を投げ出していた。

先端を濡れた陰戸にヌラヌラと擦りつけて位置を定めると、彼はゆっくり挿《そう》入《にゅう》していった。

一物が肉襞の摩擦を受け、ヌルヌルッと滑らかに入ってゆくと、

「アアッ……、気持ちいい……！」

胡丈が身を弓なりに反らせて喘ぎ、キュッと締め付けてきた。

清四郎は根元まで押し込んで股間を密着させ、温もりと感触を味わいながら脚を伸ばして身を重ねていった。

すると彼女も両手を回し、しっかりと抱き留めてくれた。

彼は股間を密着させ、屈み込んで左右の乳首を交互に含んで舌で転がした。

コリコリと硬くなった乳首を吸って舐め回すたび、感じたように膣内がキュッと締まった。

清四郎は乳首を愛撫してから、濃厚な体臭を求めて腋の下に顔を埋め込み、腋毛に籠もった甘ったるい汗の匂いで鼻腔を満たした。

匂いの刺激を受けるたび、膣内の一物がヒクヒクと歓喜に脈打ち、やがて彼女もズンズンと股間を突き上げてきた。

清四郎は美女の体臭に噎せ返り、突き上げに合わせて徐々に腰を遣いながら、汗の味のする首筋を舐め上げ、唇に迫っていった。

喘ぐ口に鼻を押しつけて嗅ぐと、乾いた唾液の香りに混じり、今日も花粉のように甘い刺激を濃く含んだ息の匂いが悩ましく胸に沁み込んできた。

そして唇を重ねると、

「ンン……」

胡丈が熱く鼻を鳴らし、舌を挿し入れチロチロとからみつけてきた。

清四郎は滑らかに蠢く舌触りと、トロリとして生温かな唾液をうっとりと味わった。

さらにかぐわしい息を嗅いで酔いしれ、腰の動きを激しくさせていった。

「ああッ……、いきそう……！」

胡丈が口を離し、顔を仰け反らせて喘いだ。

股間をぶつけるように激しく突き動かすと、大量の淫水がクチュクチュと摩擦音を立て、彼女も膣内の収縮を活発にさせてきた。

清四郎も高まり、美女の野性味ある熱い息を嗅ぎながら胸を刺激され、そのまま昇り詰めてしまった。

「く……！」

突き上がる快感に呻き、ありったけの熱い精汁をドクンドクンと勢いよく柔肉の奥にほとばしらせると、

「き、気持ちいい……、アアーッ……！」

胡丈も噴出を感じると同時に気を遣り、声を上ずらせながらガクガクと狂おしい痙攣を開始した。そして股間を跳ね上げるたび、小柄な清四郎の全身が激しく上下した。

彼は暴れ馬にしがみつく思いで胡丈の絶頂の嵐を受け止め、心地よい摩擦の中最後の一滴まで出し尽くしていった。

「ああ……、良かった……」

胡丈が反り返ったまま硬直していたが、満足げに言うなりグッタリと四肢を投げ出し、肌の強ばりを解いていった。

清四郎も腰の動きを止め、頑丈な肉体に遠慮なくのしかかって体重を預けた。

息づくような膣内の収縮に刺激されるたび、ヒクヒクと幹が脈打った。

「も、もう充分……」

胡丈が言って力を抜くと、彼も喘ぐ口に鼻を押し込み、熱くかぐわしい息で鼻腔を湿らせながら、余韻を噛み締めたのだった……。

四

「清四郎、行くぞ」

夕刻、清四郎が夕餉を終えた暮れ六つ（日没）近い頃、昼にいったん引き上げた胡丈がまた長屋に来て言った。

「は、はい……」

さすがに胡丈が緊張の面持ちをしているので、清四郎も伝染したように胴震いをし、草履を履いて一緒に外へ出た。もとより得物一つ持つわけではないので、何の仕度も要らない。

「小梅のいる商家は分かったのですが」

「ああ、咲耶様が割り出した。意外なほど近い。大店の隠居所らしい」

訊くと、胡丈が重々しく答えた。

日が没し、二人は夕闇の中を神田の外れに向かい、やがて暮れ六つの鐘の音が聞こえてきた。

「あのお二人は？」

「我らが入ってから、頃合いを見て来て下さる。安心しろ」

胡丈が言い、二人は人家の途切れる静かな一角に入った。周囲は野原と古寺で人も通らず、彼方《かなた》に黒塀の仕舞た屋が見えてきた。

中からは灯りが洩れ、どうやら酒宴が行われているようで賑《にぎ》やかそうだった。

「あそこですか」

「そうだ。廻船問屋、松丸屋の先代五兵衛《ごへえ》が隠居し、若い女中を置いている」

「では、そこで小梅が慰みものに……？」

「まだ分からん。今宵は一之助も来ていると調べが付いているので、とにかく踏み込む」

胡丈は姫君の許婚を呼び捨てにして頷きかけ、裏口の方へと回った。

そして裏木戸を開けて庭に入ると、こぢんまりしているがかなり贅を凝《こ》らした庭だというのが分かった。

「御免！」

胡丈が縁側の方に回って言うと、すぐに障子が左右に開かれた。

恐らく上座に座っている二十歳ちょっとの若侍が、古葉一之助。太った六十年配の男が五兵衛であろう。

他は、女たちが数人いるだけだ。みな煌《きら》びやかな着物を着た、若い美形揃いだが、どこか打ち沈んでいるのは武家奉公と騙され、一之助や五兵衛の慰みものにされているからではないだろうか。

実際、中には胸元をはだけ、太腿も露わに横座りとなって酌をしている娘もいた。むろん浮かれた面持ちではなく、嫌悪と諦めの入り混じった表情ばかりであった。

「清四郎さん！」

中にいた一人が声を上げた。

小梅である。彼女も綺麗な着物を着てはいるが、清四郎の顔を見ても手放しの喜色は浮かべなかった。どうやら、すでにどちらかに、あるいは両方に抱かれてしまったのかも知れない。

「何者だ！　勝手に人の家の庭に入りおって！」

一之助が言い、大刀を左手に持って立ち上がった。

すると、さすがに老獪《ろうかい》らしい五兵衛が手で制し、縁側の方まで来た。

「小梅さんの知り合いですかな」

五兵衛が、凜然とした胡丈に好色そうな目を向けてから、後ろにいる清四郎を見て言った。

「い、許婚です。約束の武家奉公でなければ、連れて帰りたいのですが」

清四郎が、震えを抑えて懸命に言うと、一之助が前に出てきた。

「そうか。お前の許婚か。昨夜味見しておいてやったぞ。有難く思え。すでに俺の子を孕《はら》んでいるかも知れぬ。いや、後から抱いた五兵衛の種かも知れぬが」

細面《ほそおもて》の整った顔立ちなのに、憎々しげに顔を歪めて言った。

「く……！」

やはり二人に抱かれていたかと清四郎は歯噛みし、座敷の小梅も悲しげに俯いていた。

「そっちの女は何だ。剣術自慢の助っ人か」

「私は小野胡丈。義によって小梅や娘たちを救い出しに来た」

一之助に言われ、胡丈は藩命を伏せて答えた。

「いいだろう。相手をしてやる。出会え！」

一之助が言うなり、これだけの家のどこに今まで潜んでいたものか、数人の若侍に破落戸《ごろつき》らしい連中がゾロゾロと飛び出してきた。一之助の腰巾着に、五兵衛の子分どもなのだろう。

それらが大刀や長脇差を抜き放って、縁から庭に下りてきた。

娘たちは息を呑んで隅に固まり、一之助と五兵衛は後ろに下がった。どうやら手下たちにやらせて、一之助は戦わないのだろう。

すると胡丈もスラリと抜刀したので、清四郎は身をすくませながらも端に寄って、なおも小梅の動静から目を離さなかった。

しかし胡丈が戦う前に、新たな二人が塀からヒラリと飛び降りてきた。

檜皮色の短い衣に、荒縄の帯と脇差。昇りはじめた月光を浴び、颯爽と長い髪をなびかせた鞘香と咲耶の母娘である。

「何奴！」

二人の身のこなしに怯《ひる》んだように、一之助が怒鳴った。

「小田浜藩、鞘香と咲耶である」

「なに、小田浜、咲耶だと……？」

鞘香が言うと、さすがに気づいたように一之助がビクリと身じろいで答えた。

「三人の女は傷をつけないでおくれ」

五兵衛が言い、連中はじりじりと囲むように母娘と胡丈に迫った。

一之助は、初めて目にした自分の許婚を、呆然と立ちすくんで見ていた。

親同士の決めた婚儀だから、まずいことになったと頭を思い巡らせたか、あるいは意外なほどの美貌と異様な姿に心を奪われたのかも知れない。

母娘が来ると、胡丈は刀を下げて退いた。下手に傷つけるより、二人に任せようと思ったのだろう。それほど、胡丈が二人の腕を心から信用しているのが分かった。

「傷つけるな。峰打ちだ」

若侍の一人が言い、いきなり打ちかかってきた。

「どうぞ。刃を返さなくて結構」

鞘香が言うなり跳躍し、若侍の顎を蹴り上げた。

「ぐ……！」

男は呻き、白目を剥き泡を吹いて仰向けに倒れた。そのあまりの素早さは、清四郎の目には止まらなかった。

「おのれ！」

左右からも白刃が襲いかかったが、鞘香はそれぞれの水月に蹴りや拳をめり込ませて昏倒させた。

いっぽう咲耶の方も破落戸たちを相手に、徒手空拳で渡り合っていた。こちらは武芸も知らない烏合の衆なので、まるで赤子扱いである。咲耶は長い髪を振り乱して舞うように、連中の脾腹や顎の急所に、正確に鋭い手刀や足刀を見舞っていた。

怒号と呻き声の入り乱れる中で、清四郎は目が回るような心地でオロオロと見守っていたが、若侍と破落戸の全員が地に這うまで、十数えるほども無かったのである。

誰もが顎やあばらを砕かれ、当分は自分で起き上がることも出来ないだろう。

「こ、これは……」

五兵衛が目を丸くし、今にもへたり込みそうになっていた。しかし好色そうな目が美しい母娘から離れず、どうにも自分のものにしたいとでも思っているような素振りだった。

しかし一之助の驚きは、それ以上だったろう。

「お、お前は本当に、小田浜藩の姫君なのか……」

彼は、すっかり静かになった庭に向かい、声を震わせて言った。

「本当です。もう、婚儀の方はお断りしますが」

咲耶が、息一つ切らさずに答えた。

「こ、こちらこそお断りだが、なぜそんなに強い。やわらや剣術ではないな」

「素破の血を引いているからですよ」

今度は鞘香が答えた。彼女も汗をかかず涼しい顔つきである。

「す、素破だと……、そんな下賤なものが小田浜藩の姫なのか。父も見る目がない……」

一之助は言いつつ、敵わぬと悟ったか刀を下げたまま身動きできなかった。

「賤しいのはどっちか！　無垢《むく》な娘たちを慰みものにしおって！」

言ったのは胡丈である。

「武家屋敷の奉公と言い寄り、有無を言わさず何人連れ込んだ！」

「わ、私は、ただ家を貸していただけで、ここは一之助様が好きに使っていました……」

胡丈に言われ、五兵衛が声を震わせて答えた。さすがに一之助より早く保身に回ったようだ。

五兵衛は一之助の今後の地位を、一之助は五兵衛の金を目当てとし、そして共通しているのは、どちらも大の好色漢というところだろう。

「とにかく娘たちを返してもらう。そして古葉様にことの詳細を」

鞘香が言うと、顔色を変えた一之助が、思い切った行動に出たのだった。

五

「お、親には言うな！　さもないと……」

一之助は抜き身を下げたまま、身を寄せ合っていた娘たちに迫り、小梅の腕を摑んで引き寄せたのだ。

「そんなことをして何になる！」

胡丈が怒鳴ったが、一之助は切っ先を小梅の喉元に突きつけていた。

小梅は生きた心地もせずに青ざめ、今にも気を失いそうなほど喘いでガクガクと膝を震わせていた。

清四郎も、どうして良いか分からず、ただ成り行きを見守ることしか出来なかった。

「おい、大小を遠くへ捨てろ。そっちの素破二人も脇差を置くんだ。手裏剣でも持っているなら全部出せ！」

一之助が声を上ずらせて言い、切っ先を小梅の首筋に食い込ませた。

「アアッ……！」

ぷつりと肌が裂け、鮮血がツツーッと伝い流れた。

「く……」

胡丈が奥歯を噛み締めて呻き、一之助を睨み付けながら大刀を遠くへ投げ、脇差しも鞘ぐるみ抜いて捨てた。すると鞘香と咲耶も、油断なく身構えながら脇差を投げ捨ててしまった。

「おい小僧。刀を拾って女たちを刺せ。そうすれば許嫁は助けてやるぞ」

「そ、そんなこと……」

睨まれ、一之助はビクリと立ちすくんで嫌々をした。

「やれ！」

「で、出来ません。その代わり、小梅の身代わりに私が……」

清四郎は言い、フラフラと縁側に上がっていった。自分でも何を言い、何をしているのかも分からず、夢の中にいるようだった。

「く、来るな！」

一之助は、近づいてくる丸腰の町人に怯えたように言い、小梅を抱えて後退した。自分でも、何をどうしたら良いのか分からず、真っ当な考えが出来なくなっているのだろう。

とにかく大旗本の倅にとっては、父親に悪事を知られることが最も大きい恐怖なようだった。

するとそのとき、失神寸前だった小梅が顔を上げ、清四郎と目が合った。

その瞬間、彼女が一之助の腕を振りほどき、急いで清四郎に駆け寄ろうとしたのである。

「動かないで……！」

攻撃の機を計っていた鞘香と咲耶が、叫ぶなり縁側に跳躍した。

しかし一之助の刀は、後ろから小梅の首を袈裟に斬り裂いていたのである。

「アアッ……！」

小梅が悲鳴を上げ、そのまま糸が切れたようにくずおれていった。それを清四郎が駆け寄って抱きすくめたが、噴き出す大量の血が彼の頬にかかり、襟から胸へと生温かく伝い流れていったのだった。

「おのれ……！」

咲耶が一之助の懐に飛び込み、大刀を握った手首を捻り上げながら、彼の脇差を抜いて腹に深々と突き立てた。

「ウッ……！」

一之助は呻いて硬直しながら、ゆっくりと膝をついて刀を取り落とした。

「咲耶、腹を切らせてやって」

鞘香が言うと、咲耶は唇を噛みながら一之助の腹を真一文字に切り裂き、さらに脇差を抜いて喉笛に突き立てた。

「うぐ……！」

一之助は低く呻いて血を噴出させ、そのまま絶命した。

それを咲耶と鞘香で、腹を切ったように形を整えて突っ伏し、脇差の柄を一之助自身に握らせた。

それがせめて、小田浜藩主と知己であった勘定奉行への好意、そして破談に終わっても、一度は縁を持とうとした男への餞《はなむけ》であった。

五兵衛はへたり込んだまま失禁し、ある種恍惚の表情を浮かべていた。

そして胡丈は、医者でも呼びに行ったか、すでに庭にいなかった。

「良いな。古葉一之助は罪を悔い、見事に割腹して果てたのだ」

鞘香が念を押すように言うと、五兵衛は小さく頷き、自分は助かったことに安堵した途端気を失ってしまった。

しかし清四郎は、それらの様子を見ている余裕はなかった。

多くの血を流し、みるみる冷えてゆく小梅を抱きながら、その白いうなじに顔を押しつけていることしか出来なかった。

すでに小梅は目を開かず、脈も打っていなかった。

彼女を抱きながらふと見ると、部屋の隅に春画が散らばっていた。それは、清四郎が描いたものであった。

（ああ、春画好きな隠居とは、五兵衛だったのか……）

混乱する頭の中で、清四郎はぼんやりと思っていた……。


――それから何日経っただろう。

清四郎はろくにものも口にせず、何をする気にもなれず長屋で寝込んでばかりいた。

いや、それは登志も同じであったに違いない。

「どうか、少しでも食べて下さい」

鞘香が訪ねてきて、二階で寝ている清四郎に粥を出した。綾香の姿ではなく、美しくほっそりした鞘香のまま、質素な武家女の姿だった。

彼が反応しないので、鞘香は嘆息して枕元に器を置いた。

「他の娘たちは、みな無事に家へ帰ったようです。傷ものになったことも秘し、やがて笑みを取り戻して何処かへ嫁ぐことでしょう。多くの娘を監禁した五兵衛は遠島、勘定奉行も息子の罪の責任を取って職を辞したようです」

鞘香が、静かな口調で言う。

「お登志さんも、健気《けなげ》に小梅さんを茶毘《だび》に伏して、今日から桂屋を開けていますよ。お顔を出してあげて下さいな」

「お、お武家は嫌いです。どうかお帰りを……」

ようやく清四郎が言うと、鞘香は座り直した。

「ええ、帰ります。私たちが付いていながら、本当にごめんなさい」

「小梅が、勝手に動かなければ助けられたのですか……」

「もう、言っても栓のないことです。あれから咲耶も寝込んでいます……」

「え……？」

鞘香の言葉に、清四郎は目を上げて彼女を見た。

「あんなに魂が抜けたようになっているのは、お山が噴火したとき以上です」

「そうですか……、咲耶様が……」

「もし、起きられるようになったら見舞ってあげて下さい。中屋敷におります。では……」

鞘香が言い、町人の清四郎に辞儀をして部屋を出て行った。

階段を下りる足音を聞き、やがて彼女が出て戸が閉まると、また清四郎は小さく息を吐いた。

そして天井を見つめていたが、やがてうつ伏せになり、ノロノロと身を起こした。粥は冷めているが、彼はそれを一気に平らげ、少し身の内に力が湧いてきたような気がした。

（寝ていても仕方がないな……）

清四郎は思い、フラつく身体を立て直して着替え、下に降りていった。

もう春画の注文も来ないだろう。でも、また本来の役者絵や美人画に戻れば良いだけのことだ。

彼は房楊枝で歯を磨き、口をすすいで外に出た。

如月半ば過ぎの陽が、やけに眩《まぶ》しかった。

歩くと、あちこちの塀の上から、可憐に咲いている梅の小枝が見えた。小梅を思い出してしまうが、彼は何とか気を取り直して湯屋に行った。

糠袋で身体を隅々まで洗い、無精髭と月代《さかやき》を剃り、湯に浸かってさっぱりして風呂を出た。

そして向かったのは、中屋敷ではなく、もちろん桂屋の方だった。

「まあ、清さん……」

店を訪ねると、登志が目を丸くして迎えてくれた。ちょうど客が引けたところのようだ。

「何日寝込んだの。やつれたわ」

登志が、そっと彼の頬に手を当てて言った。

彼女も多少は痩せたが、それでも明るく逞しく店をやっていた。

済んだことにくよくよしても仕方がないという、根っからの江戸女の気っ風を持っているのだろう。

「済みません。葬儀も何も手伝わなくて」

「ううん、お線香を上げて下さいな」

清四郎が言うと、登志が店を閉めながら答えた。もう今日の商売は終わりにするようだ。

彼は上がり込んで仏間に行き、線香を上げた。

（やっぱり、ここへ養子に入れてもらおう……）

清四郎は、小梅の位牌に手を合わせながら、そう思ったのだった。

第六章　いつまで続く快楽の夜

一

「娘の好きな人と、こんなことをしているから罰が当たったんじゃないかと思っているのだけれど……」

登志が、熟《う》れ肌を疼かせながら言った。

すでに清四郎も全裸になり、昼間から布団に横になっていた。互いに何日も食と眠りを忘れて衰弱していたが、今ようやく淫気と快楽で紛らそうという気になってきたのである。

女はともかく、清四郎の方は、これほど何日も射精していないことなど初めてであったから、胸の痛みはともかくとして、一物《いちもつ》の方ははち切れそうに勃起していた。

「そんなことないですよ……」

清四郎は言うと、甘えるように腕枕してもらい、腋の下に顔を埋め込みながら豊かな乳房を探った。腋毛《わきげ》に籠もった汗の匂いが甘ったるく籠もり、悩ましく彼の鼻腔をくすぐってきた。

湯屋へ行った清四郎と違い、登志はありのままの匂いをさせ、その刺激が心地よく胸から一物に伝わっていった。

指で探ると乳首はコリコリと硬くなり、彼は充分に美女の体臭を嗅いで胸を満たしてから、徐々に移動して乳房に顔を埋め込んでいった。

乳首に吸い付き、顔中を柔らかな膨らみに埋めて舌で転がすと、

「アア……」

登志が熱く喘《あえ》ぎ、すぐにもクネクネと激しく身悶《みもだ》えはじめた。

もう片方も含んで充分に舐《な》め回してから、清四郎は白く滑らかな熟れ肌を舌で下降していった。

小梅と繋がっていた臍《へそ》を舐め、張りのある腹部に顔中を埋め込んで弾力を味わい、豊満な腰の丸みをたどってから、ムッチリとした太腿へゆき、脚を舐め下りていった。

「ああ……、そんなところ、どうでもいいから……」

足裏を舐めると、登志が焦れたように腰をよじらせて言った。

しかし、久々の女体だし、やはり匂いの籠もるところは味わわないと気が済まないのだ。

清四郎は足裏を満遍なく舐め回し、指の間に鼻を押しつけて蒸《む》れた匂いを貪《むさぼ》った。汗と脂《あぶら》にジットリ湿り、ムレムレの匂いがいつになく濃く沁み付いて彼を酔わせた。

そして爪先をしゃぶり、全ての指の股を味わってから、もう片方の足も味と匂いが薄れるほど貪り尽くした。

いよいよ脚の内側を舐め上げ、顔を進めてゆくと登志も大股開きになってくれた。張りと量感に満ちた内腿に舌を這わせ、熱気の籠もる股間に迫ると、すでにネットリとした淫蜜が漏れていた。

指で陰唇《いんしん》を広げると、光沢あるオサネが突き立ち、襞《ひだ》の入り組む膣口も涎《よだれ》を垂らして妖しく色づいていた。

清四郎は顔を埋め込み、柔らかな茂みに鼻を擦りつけ、いつになく濃い汗とゆばりの匂いを吸い込みながら、やけに懐かしく感じた。

美女の体臭で胸を満たしながら舌を這わせ、淡い酸味のヌメリをすすって膣口からオサネまで舐め上げた。

「アアッ……！」

登志も顔を仰《の》け反《ぞ》らせて熱く喘ぎ、白い下腹を波打たせながら、内腿でキュッと彼の両頬を挟み付けてきた。

清四郎も美女の味と匂いを吸収しながらオサネに吸い付き、さらに腰を浮かせて尻の谷間に鼻を埋め込んでいった。

蕾《つぼみ》にも生々しい微香が籠もり、胸を悩ましく刺激してきた。

彼は匂いを貪り、舌を這わせて襞を舐め、中にも潜り込ませてヌルッとした粘膜も味わった。

「あう……！」

登志がキュッと肛門を締め付けて呻《うめ》き、清四郎は舌を出し入れさせるように蠢《うごめ》かせた。

そして充分に味わってから再び陰戸《ほと》に戻って淫水をすすり、オサネも小刻みに吸い上げた。

「も、もう……！」

絶頂を迫らせた登志が腰をよじって言い、ようやく彼も股間から顔を引き離して添い寝していった。

すると登志がすぐにも身を起こし、彼の股間に顔を移動させていった。

仰向けになり勃起した一物を突き出すと、彼女が屈み込み、幹に指を添えて先端に舌を這わせ、鈴口から滲《にじ》む粘液を舐め取ってくれた。

さらに張りつめた亀頭にしゃぶり付き、そのままスッポリと喉の奥まで呑み込んでいった。

「ああ……」

清四郎は喘ぎ、美女の生温かく濡れた口の中でヒクヒクと幹を震わせて快感を味わった。

登志も熱い鼻息を恥毛に籠もらせ、上気した頰をすぼめて吸った。内部ではチロチロと舌が蠢き、肉棒全体が熱い唾液にまみれた。

もちろん登志は、彼が果てるまでしゃぶるつもりはなく、充分に唾液に濡れるとスポンと口を引き離した。

そして身を起こして跨《また》がり、屹立《きつりつ》した先端に割れ目をあてがうと、ゆっくり味わうように腰を沈み込ませてきた。

張り出した雁首がヌルリと潜り込むと、あとは滑らかにヌルヌルッと根元まで呑み込まれていった。

「アア……、いい……！」

登志が深々と受け入れて彼の股間に座り込み、ピッタリと陰戸を密着させて喘いだ。

清四郎も、熱く濡れた膣内にキュッと締め付けられ、肉襞の摩擦と温もりに激しく高まった。

彼女は何度か股間を擦りつけてから、やがて身を重ねてきた。

清四郎は両手を回して熟れ肌を抱き留め、僅かに両膝を立てて突き上げる準備をした。

すると登志はすぐにも腰を遣い、股間をしゃくり上げるように動かしてきた。

「あうう……、すぐいきそう……」

数日間傷心で淫気どころではなかっただろうが、今はその分まで取り戻そうとするかのように、彼女は次第に貪欲《どんよく》に腰を遣いはじめた。

清四郎も合わせて股間を突き上げ、何とも心地よい摩擦とヌメリを味わいながらジワジワと高まっていった。

迫る唇から熱く湿り気ある息が洩《も》れ、鼻を押しつけて嗅ぐと、甘い匂いが刺激的に濃く鼻腔をくすぐってきた。

下から唇を求めると、登志もピッタリと重ねてくれた。

柔らかな感触と唾液の湿り気を味わいながら舌を挿《さ》し入れ、滑らかな歯並びを舐めると、

「ンン……」

彼女も熱く呻き、チュッと強く彼の舌に吸い付いてきた。

清四郎はチロチロと舌をからめ、滑らかな感触と生ぬるい唾液を味わいながら突き上げを強めていった。

「もっと唾を出して……」

囁《ささや》くと、登志も快感を嚙み締めながら懸命に唾液を分泌させ、トロトロと口移しに注ぎ込んでくれた。

清四郎はネットリとして小泡の多い粘液を味わい、飲み込んで心地よく喉を潤《うるお》した。

さらに彼女の口に鼻を擦りつけると、舌を這わせてヌラヌラと舐め回し、清四郎の顔中を生温かく唾液にまみれさせてくれた。

「い、いきそう……」

清四郎が先に降参するように囁き、下からしがみつきながら股間を突き上げ続けると、

「いいわ、いって……、いっぱい出して……」

登志も絶頂を迫らせ、声を上ずらせて答えた。

たちまち彼は肉襞の摩擦の中で、あっという間に昇り詰めて、大きな絶頂の快感に包まれてしまった。

「いく……！」

口走りながら、何日分の大量の精汁をドクドクと注入すると、

「アアーッ……！」

噴出を受け止めた登志も、たちまち気を遣って声を上げた。

同時に膣内の収縮が最高潮になり、飲み込むようにキュッキュッと肉棒を締め上げてきた。

「す、すごいわ……」

登志はガクンガクンと狂おしい痙攣を繰り返しながら言い、清四郎も心ゆくまで快感を嚙み締め、最後の一滴まで出し尽くしていった。

やがて突き上げを止めてグッタリと身を投げ出すと、登志も満足げに力を抜いて、遠慮なく彼に体重を預けてきた。

清四郎は、まだ収縮する膣内でヒクヒクと過敏に幹を脈打たせ、熱く濃厚な美女の息を嗅ぎながら、うっとりと快感の余韻を味わった。

「ね、やっぱり私を養子に迎えて下さい……」

彼は、荒い呼吸を繰り返しながら言ってみた。

「そう……」

登志も、彼の耳元に熱い息を吐きかけながら、ビクリと身じろいで言った。

「もう小梅はいないけれど、いいの？」

「ええ、そうしたいんです。構いませんか」

「いいわ。でもすぐは駄目。清さんがお嫁さんを見つけたら、そのとき夫婦養子として入ってほしいの」

「分かりました……」

登志が言い、清四郎も納得して答えた。

やはり彼女は、自分と清四郎が二人で暮らすことは、世間体を慮って踏み切れないようだった……。

二

「おお！　清四郎、来てくれたのか……」

清四郎が、茅場町にある小田浜藩の中屋敷を訪ねると、やはり警護に来ていたらしい胡丈が出迎えてくれた。

「本当に済まない。最も未熟な私ですら、食えず眠れずの日々が続いていた。まして己の腕に自信があった咲耶様の落ち込みようといったら、鞘香様でもどうにもならない」

「そうですか。ではあれから臥せって……」

「ああ、小梅を死なせてしまったことに強い責任を感じ、すっかり打ち沈んでいる。清四郎も辛いだろうが、お前だけが頼りだ。私は顔を出さぬから、どうか見舞ってほしい」

胡丈が沈痛な面持ちで言い、清四郎に向かって深々と頭を下げた。どうやら他に人はいないようだ。

「分かりました。会って参ります」

清四郎は言って上がり込み、奥の寝所へと入っていった。

そっと襖を開けて入ると、長い黒髪を下ろした咲耶が、こちらに背を向けて横になっていた。

恐らく、あれからずっと入浴もせず、厠《かわや》以外は部屋から出ずに寝続けていたのだろう。室内には何とも濃厚に甘ったるい体臭が、噎《む》せ返るほどに生ぬるく立ち籠めていた。

「誰……」

咲耶が、向こう向きのまま小さく言った。

素破《すっぱ》ならば、振り向かなくても誰か分かりそうなものだが、今は何の力もない一人のか弱い女のようだった。

「清四郎です」

「せ……」

言うと、咲耶がノロノロと寝返りを打った。だいぶやつれているが、それでも本来の美貌は損なわれていない。

「大丈夫ですか……」

清四郎が枕元に座って言うと、咲耶は力なく手を伸ばしてきた。

彼は細く白い手を握り、今なら何の武芸も知らない自分でも、咲耶を屠《ほふ》れそうな気がした。

「清四郎……、ごめんなさい。小梅を救えなくて……」

咲耶が言って涙を溜め、か弱い力で彼の手を握ってきた。

「いいえ、あれは運命だったのです。私も今日、起きられるようになりました」

「お前は、小梅の身代わりになろうと進んでいったのに、私も母も何も出来なかった……」

「もう済んだことです。どうかお食事をして下さいね」

清四郎がそっと握り返して言うと、とうとう咲耶はぽろりと涙をこぼした。

「分かりました……。では、湯殿に連れて行って……」

咲耶が言うので、彼は手を離して搔巻をめくった。さらに、内に籠もっていた熱気が濃厚な体臭とともに立ち昇り、その刺激が激しく清四郎の鼻腔と股間に響いてきた。

「どうか、その前に……」

彼は言って咲耶の帯を解き、寝巻を左右に開いた。下には何も着けておらず、息づく肌が露わになった。

むろん数日間だけのことなので、痩せ細った印象はなく、肌の色艶も失われていなかった。

清四郎は激しく勃起しながら、自分も手早く全て脱ぎ去って全裸になり、咲耶の乳房に顔を埋め込んでいった。

「い、いや……、止めて……」

咲耶がかぶりを振って言い、クネクネともがいた。やはり、匂いを消して敵地に乗り込む素破にとって、自分の匂いが最大限に濃くなっていることを意識し、相当に羞恥を覚えているようだった。

通常の暮らしの中での匂いなら今までも平気だったろうが、今だけは特別に抵抗感があるのだろう。

しかし清四郎の勢いは止まらず、また今の咲耶は彼を撥ねのける気力も湧かないようだった。

可憐な薄桃色の乳首に吸い付いて舌で転がすと、じっとり汗ばんだ胸の谷間や腋から甘ったるい体臭が漂ってきた。

彼は左右の乳首を含んで舐め、顔中を柔らかな膨らみに押しつけて感触を味わった。

さらに腕を差し上げて腋の下に鼻を埋め込むと、柔らかな腋毛の隅々《すみずみ》には、何とも濃い汗の匂いが籠もって、胸の奥にまで沁み込んできた。

「お願い……、清四郎、どうか……」

咲耶は生娘《きむすめ》のように嫌々をして声を震わせたが、もちろん彼は続行した。

それに淫法の手練れだったのだから、少々強引にしても、その快楽が最も早く咲耶を立ち直らせるのではないだろうか。

清四郎は胸いっぱいに濃厚な体臭を嗅いで酔いしれ、やがて滑らかな肌を舐め下りていった。

「アア……、堪忍《かんにん》……」

咲耶がか細く言うが、それでも肉体の方は拒《こば》んでいないようで、彼女の声も必死なものではなかった。もし必死に絶叫されたら、いくら何でも胡丈が飛んでくることだろう。

清四郎は、何やら嫌がる生娘を凌辱でもしているような気分になり、夢中で臍を舐め、引き締まった腹にそっと歯を立て、腰からムッチリとした太腿まで下りていった。

どこに触れても、咲耶はビクッと敏感に反応した。

膝から脛を舐め、足首を摑んで浮かせ、足裏にも舌を這わせた。

縮こまった指の股に鼻を割り込ませて嗅ぐと、そこも汗と脂にジットリ湿り、今までで最も濃く蒸れた匂いが沁み付いていた。

桜色の爪を嚙んで爪先をしゃぶり、全ての指の股に舌を潜り込ませ、もう片方も味と匂いが消え去るほど貪った。

そしていよいよ彼女を大股開きにさせ、脚の内側を舐め上げて顔を股間に進めていくと、

「ど、どうか、そこだけは……」

咲耶が言うのを強引に内腿を舐め、熱気と湿り気の籠もる陰戸に迫った。

割れ目からはみ出した陰唇を指でグイッと広げたが、まだ中の柔肉《やわにく》は潤っていなかった。

股間に顔を埋め込み、柔らかな恥毛に鼻を擦りつけて嗅ぐと、汗とゆばりの匂いが噎せ返るほど濃く籠もり、さすがに咲耶が嫌がるだけあって悩ましい匂いが充ち満ちていた。

もちろん清四郎は、激しく興奮しこそすれ、全く抵抗感などは覚えずに貪り嗅いだ。

そして舌を這わせると、汗とゆばりと淫水の入り混じった味わいがあり、彼は息づく膣口からオサネまで何度も縦に往復して舐め回した。

「ああッ……、駄目、汚いから洗わせて……」

咲耶が喘ぎ、嗚咽《おえつ》に似た息遣いで必死に言った。

さらに清四郎は咲耶の脚を浮かせ、尻の谷間にも迫った。

キュッと閉じられた薄桃色の蕾に鼻を押しつけると、顔中にひんやりした双丘が心地よく密着してきた。蕾に籠もる生々しい匂いも、濃厚に彼の鼻腔を刺激してきた。

清四郎は美女の恥ずかしい匂いを貪り、舌を這わせて襞を濡らし、ヌルッと潜り込ませて粘膜を味わった。

「あう……！」

咲耶が呻き、キュッと肛門できつく彼の舌先を締め付けてきた。

清四郎は充分に舌を蠢かせてから咲耶の脚を下ろし、再び陰戸に舌を戻していった。

しかし、まだ濡れていない。

そこで彼はオサネを弾くように舐め、そっと前歯で挟み付けたのだ。

「く……！　も、もっと嚙んで……」

と、いきなり咲耶が声を上ずらせて口走ったのだ。

どうやら贖罪《しょくざい》の思いから、痛いほどの刺激の方が感じるのかも知れない。

清四郎は前歯でコリコリとオサネを嚙み、さらに指を前後の穴にズブリと押し込んで、掻き回すように蠢かせていった。

三

「アアッ……、もっと強く……、私を滅茶苦茶にして……！」

咲耶が顔を仰け反らせて喘ぎ、清四郎が刺激し続けると、ようやくヌラヌラと熱い淫水が湧き出してきた。

さらに彼はオサネを歯で愛撫し、溢《あふ》れてくる淡い酸味の蜜汁をすすった。

「お願い、私にも……」

咲耶が言い、腰を抱える彼の手を握って引っ張り上げた。

清四郎も顔を上げ、彼女の股間から這い出していった。そして引っ張られるまま、彼女の胸を跨いだ。

まさか大名の姫君に跨がる日が来ようとは、夢にも思わなかったことである。

そして乳房の間に勃起した一物を押しつけると、彼女が両側から膨らみに挟み付けて揉んでくれた。

肌の温もりと乳房の柔らかさに挟まれ、何とも震えるような快感が突き上がってきた。

咲耶は肉棒を乳房の谷間で揉みながら顔を上げ、舌を伸ばして先端をチロチロと舐めはじめた。

鈴口から滲む粘液を舐め取ると、さらに張りつめた亀頭をパクッとくわえ、吸い付きながらモグモグと根元まで呑み込んでいった。

自然に清四郎も股間を前進させ、やがてスッポリと根元まで含まれ、温かな口の中でヒクヒクと幹を上下させた。

「ンン……」

咲耶も鼻を鳴らして呻きながら吸い、熱い息を真下から吹き付けてきた。

口の中ではクチュクチュと舌が蠢き、肉棒が生温かく清らかな唾液にまみれて震えた。

次第に彼女も、本来の技巧を取り戻しはじめてきたようだった。

清四郎も快感を高めて、さらに前進し、ふぐりを彼女の口に押しつけた。

咲耶も真下から舌を這わせて睾丸を転がし、袋全体を舐め回し、ときに優しく吸い付いてくれた。

美女の熱い息を真下から感じるのは、震えるような快感だった。

もっと前に進み、完全に厠に入った形になると、さすがに姫君の顔を跨ぐ畏《おそ》れ多さが身体の芯をゾクリと走り抜けた。

しかし咲耶は厭《いと》わず彼の肛門をチロチロと舐めてくれ、ヌルッと舌先を潜り込ませてきた。

「あう……」

清四郎は妖しい快感に呻き、キュッと肛門で美女の舌を締め付けた。

咲耶は内部で舌を蠢かせてから引き抜き、もう一度念入りに肉棒をしゃぶってくれた。

「入れて……」

チュパッと口を引き離し、咲耶が言った。

やはりまだ上になる気力はないようで、清四郎が彼女の股間に戻って本手《ほんて》で股間を進めていった。

唾液に濡れた先端を、淫水の溢れる膣口にあてがい、一気にヌルヌルッと根元まで押し込んでいった。

「アアッ……！」

咲耶が顔を仰け反らせて喘ぎ、深々と潜り込んだ肉棒をキュッときつく締め付けてきた。

襞の摩擦と温もりを感じながら股間を密着させ、清四郎が身を重ねていくと、咲耶も下から両手を回してしがみついた。

彼は息づくような収縮を受けながら、胸で柔らかな乳房を押しつぶし、彼女の肩に腕を回して抱きすくめた。

喘ぐ口に鼻を押しつけると、乾いた唾液の香りに混じり、甘酸っぱい果実臭が濃厚に鼻腔を刺激してきた。これも今までいちばん濃い匂いで、清四郎は激しく興奮を高めた。

唇を重ね、柔らかな感触を味わいながら舌を挿し入れ、滑らかな歯並びを舐め回してから、さらに濃厚な匂いの籠もる口腔に潜り込ませると、彼女もクチュクチュと舌をからみつけてきた。

もう我慢できず、彼はズンズンと腰を突き動かしはじめた。

「ク……！」

咲耶が熱く呻き、チュッと彼の舌に吸い付きながら、動きに合わせて股間を突き上げてきた。

いったん動くと、もう快感に止めることが出来なくなり、彼は次第に勢いをつけ、果ては股間をぶつけるように突き動かしていった。

「ああッ……！」

まるで犯すような勢いに、咲耶が息苦しくなって口を離し、身を弓なりにさせて喘いだ。

背に回した手に力を込め、清四郎の背に爪まで立ててきた。

動きに合わせてピチャクチャと淫《みだ》らに湿った摩擦音が響き、互いの股間がビショビショになった。

「い、いく……！　ああーッ……！」

たちまち咲耶が声を上ずらせ、ガクガクと狂おしく腰を跳ね上げて気を遣ってしまった。淫法の手練れも、今日ばかりは受け身一方で、あっという間に果ててしまったようだ。

清四郎も、艶《なま》めかしい膣内の収縮の中、続いて昇り詰めた。

「く……！」

　突き上がる大きな絶頂の快感の中、呻きながらありったけの熱い精汁をドクンドクンと注入し、奥深い部分を直撃した。

「あう……、もっと……！」

　噴出を感じ、咲耶が駄目押しの快感の中で呻き、さらにキュッキュッときつく締め付けてきた。

　清四郎は心ゆくまで快感を味わい、最後の一滴まで出し尽くした。

　徐々に動きを弱めていき、膣内の収縮に刺激された一物がヒクヒクと過敏に反応した。

　そして彼は、完全に動きを止めて姫君にのしかかり、喘ぐ口に鼻を押しつけ、濃厚な果実臭の息を嗅ぎながら、うっとりと余韻を嚙み締めたのだった……。


　――清四郎は、咲耶を支えながら一緒に湯殿に入った。

　いつ彼女が起きてもいいように、湯殿の仕度は常にされていたようだ。

　清四郎は自分の股間を流してから、咲耶の全身を丁寧に糠袋で擦り、洗い流してやった。

湯に濡れた肌が徐々に生気を取り戻し、瑞々《みずみず》しい輝きを持ちはじめていった。

髪も洗い、湯を浴びせて全身さっぱりしたところで、清四郎は簀の子に仰向けになり、顔に咲耶を跨がせた。

「出して下さい……」

真下から、生々しい匂いの消えた陰戸を見上げながら言うと、咲耶も素直にしゃがみ込み、下腹に力を入れはじめてくれた。

割れ目に舌を這わせると、みるみる柔肉が迫り出し、味わいと温もりの変化とともに、ポタポタとゆばりの雫《しずく》が滴《したた》ってきた。

たちまちチョロチョロとした一条の流れとなり、彼の口に注がれてきた。

清四郎は夢中で飲み込み、姫君の温もりで喉を潤した。

味と匂いはいつになく濃かったが、もちろん抵抗なく受け入れ、甘美な悦《よろこ》びで胸を満たしていった。

流れは間もなく治まり、清四郎は温かく濡れた割れ目を舐め回して余りをすすった。

「アア……」

咲耶が熱く喘ぎ、グイグイと彼の口に陰戸を擦りつけてきた。

たちまち新たな蜜汁が湧き出して舌の動きを滑らかにさせ、柔肉は淡い酸味のヌメリに満ちていった。

しかし疲労もあるので、さっき気を遣って充分だったのだろう。やがて彼女は自分から股間を引き離していった。

清四郎も残り香を味わいながら起き上がり、もう一度互いの全身を洗い流してから湯殿を出たのだった。

四

「姫様の、こんなに安らかな寝顔は久しぶりです。礼を言います……」

胡丈が言い、清四郎と二人でそっと咲耶の寝所を出た。

湯殿から出ると、咲耶はようやく食事を取り、また横になって眠り込んだのである。

気持ちと身体が徐々に元気を取り戻し、腹も満たしたので安心したように眠りに就いたのだろう。

胡丈は、彼を自分の部屋に招いた。

「私は、小田浜へ帰ろうと思います」

「そうなのですか……」

胡丈の言葉に、清四郎は名残惜しいものを感じた。

「ええ、小梅の四十九日が済んだら墓に手を合わせ、そのまま戻るつもりでおります」

「分かりました」

「最後に、もう一度だけ、いい……？」

胡丈に言われ、清四郎も頷《うなず》いた。

咲耶と一回したばかりだが、ゆばりを味わったので淫気が回復し、ずっと股間が疼いていたのだ。

すると彼女は立ち上がって急いで床を敷き延べ、脇差を置いて袴を脱ぎはじめたのだ。清四郎も、すぐにも全裸になって先に布団に横たわり、枕に沁み付いた胡丈のにおいで淫気を高めた。

彼女もたちまち一糸まとわぬ姿になり、逞《たくま》しく引き締まった肢体《したい》を露わにしていった。

「顔に足を……」

「だって、お前は武士が嫌いになったのだろう。今日はお前が私を好きに……」

清四郎が言うと、胡丈は尻込みした。

「いいえ、ですから好きなようにされたいのです」

「良いのか……」

胡丈は答え、立ったまま清四郎の顔の方に迫り、壁に手を突きながらそろそろと片方の足を浮かせ、足裏を彼の顔に乗せてきた。

清四郎は大きな足裏を受け止め、硬い踵《かかと》に舌を這わせた。

そして土踏まずも舐めながら、太く長い足指の間に鼻を割り込ませ、汗と脂に湿って蒸れた匂いを貪った。

爪先にしゃぶり付き、順々に指の股にヌルッと舌を挿し入れていくと、

「アア……」

胡丈が喘ぎ、彼の口の中で指先を縮めた。

舐め尽くすと足を交代してもらい、そちらも味と匂いを存分に堪能してから、やがて顔に跨がり、しゃがみ込んでもらった。

長い脚が曲がると脹《ふく》ら脛《はぎ》と内腿がムッチリと張り詰め、すでに濡れている陰戸が鼻先に迫ってきた。

割れ目からはみ出した花びらが蜜を宿して僅かに開き、桃色の柔肉と襞の入り組む膣口、大きめのオサネが覗いていた。

腰を抱き寄せ、柔らかな茂みに鼻を埋め込んで嗅ぐと、汗とゆばりの匂いが濃厚に籠もって悩ましく鼻腔を刺激してきた。

舌を這わせると、ゆばりの味わいに混じり、淡い酸味の蜜汁が流れ込み、すぐにも動きが滑らかになっていった。

何度か挿入《そうにゅう》した膣口の襞を掻き回し、オサネまで舐め上げていくと、

「ああッ……、いい気持ち……！」

胡丈が熱く喘ぎ、思わずギュッと彼の顔に座り込みそうになり、懸命に両足を踏ん張った。

舐めても舐めても新たな淫水が溢れ出し、粘ついた分泌と滴る様子までがはっきり舌に伝わってきた。

さらに彼は尻の真下に潜り込み、白く丸い双丘を顔中に受け止めながら、谷間の蕾に鼻を埋め込んで嗅いだ。汗の匂いに混じり、秘めやかな微香が籠もり、心地よく胸に沁み込んできた。

舌を這わせ、僅かに突き出た細かな襞を濡らし、ヌルッと潜り込ませた。

「く……！」

胡丈が呻き、キュッときつく肛門で舌先を締め付けてきた。

清四郎は執拗《しつよう》に舌を蠢かせて滑らかな粘膜を味わい、トロトロと滴る蜜汁で鼻を濡らした。

そして再び陰戸に舌を戻し、大量の淫水をすすってオサネに吸い付くと、

「も、もういい……」

彼女が言って股間を引き離し、そのまま移動して清四郎の乳首を吸い、熱い息で肌をくすぐりながら舐め回した。

左右とも愛撫し、ときに頑丈な歯を立て、甘美な刺激を与えてくれた。

そのまま肌を舐め下り、彼を大股開きにさせて真ん中に腹這い、股間に熱い息を吐きかけてきた。

すると彼女は先に清四郎の両脚を浮かせ、尻の谷間から舐めてくれた。

「あう……」

ヌルッと舌先が潜り込むと、清四郎は妖しい快感に呻きながらモグモグと美女の舌を肛門で締め付けて味わった。胡丈も長い舌を出し入れさせるように、充分に愛撫してから引き抜いた。

脚を下ろし、ふぐりに舌を這わせて睾丸を転がし、袋を生温かな唾液にまみれさせてくれた。

そして肉棒の裏側を舐め上げ、先端に達すると鈴口から滲む粘液をすすり、亀頭にもしゃぶり付いた。慈しむように舌を這わせ、丸く開いた口でスッポリと根元まで呑み込むと、

「ああ……、気持ちいい……」

清四郎は美女の温かく濡れた口の中で、ヒクヒクと幹を震わせながら快感に喘いだ。胡丈は上気した頬をすぼめて吸い付き、クチュクチュと舌をからめて、たっぷり溢れさせた唾液にまみれさせた。

やがて充分にしゃぶってからスポンと口を引き離し、身を起こして一物に跨がってきた。

先端を陰戸に押し当て、味わうようにゆっくり腰を沈めてゆくと、屹立した逸物は肉襞の摩擦を受け、ヌルヌルッと滑らかに根元まで呑み込まれていった。

「アア……、奥まで響く……」

胡丈が顔を仰け反らせて喘ぎ、キュッときつく締め付けた。そしてしゃがみ込んだまま、何度か腰を上下させ、やがて両膝をついて身を重ねてきた。

清四郎は顔を上げて色づいた乳首に吸い付き、舌で転がしながら顔中に膨らみを受け止めた。

左右の乳首を交互に含み、舐め回しながら膣内でヒクヒクと幹を震わせると、

「ああ……、もっと……」

胡丈が喘ぎ、さらに腰を動かしてきた。

溢れる淫水に律動が滑らかになり、クチュクチュいう摩擦音とともに、ふぐりの方まで蜜汁が滴ってきた。

清四郎は腋の下にも顔を埋め、腋毛に籠もった甘ったるく濃厚な汗の匂いに噎せ返り、両手でしがみつきながらズンズンと次第に強く股間を突き上げはじめていった。

すると胡丈が上からピッタリと唇を重ね、貪るように舌をからみつけてきた。

熱く湿り気ある、花粉臭の息が濃厚に清四郎の鼻腔を満たし、その刺激が悩ましく一物に伝わっていった。

彼も舌を動かし、生温かく滴る唾液をすすって喉を潤し、突き上げを強めていった。

「ンンッ……！」

感じた胡丈が熱く鼻を鳴らし、チュッと強く彼の舌に吸い付いた。もうすぐにも果てそうな勢いで、彼女の全身がガクガクと痙攣しはじめた。膣内の収縮も活発になり、抽送ばかりでなく股間全体を擦りつけるような動きも交えた。

「ああ……、いく……」

胡丈が口を離し、淫らに唾液の糸を引きながら喘ぐと、たちまち激しい波が押し寄せて気を遣ってしまった。

「気持ちいい……、アアーッ……！」

彼女が声を上ずらせて喘ぐと、清四郎も激しく股間を突き上げ、心地よい摩擦の中で昇り詰めた。

「く……！」

突き上がる大きな絶頂の快感に呻き、同時に熱い大量の精汁がドクンドクンと勢いよく内部にほとばしった。

「あう、熱い……！」

胡丈が噴出を感じて呻き、さらに飲み込むようにキュッキュッときつく締め上げてきた。

清四郎は摩擦と締め付けの中、心置きなく最後の一滴まで出し尽くし、すっかり満足しながら突き上げを弱めていった。

「アア……」

胡丈も声を洩らし、満足げに肌の強《こわ》ばりを解いてもたれかかってきた。

清四郎は力を抜いた彼女の重みと温もりを受け止め、収縮する膣内でヒクヒクと過敏に幹を跳ね上げた。

そして美女の口に鼻を押しつけ、悩ましい花粉臭の息を胸いっぱいに嗅ぎながら、うっとりと快感の余韻に浸り込んでいったのだった。

五

「おかげさまで、咲耶もすっかり元気になりました」

鞘香が、清四郎の長屋に訪ねてきて言った。清四郎も、もちろん追い返すようなこともせず彼女を迎えた。

「そうですか。良かったです」

快楽で治したことを大っぴらに言えるのも、母娘が淫法の素破ならではだ。

「桂屋さんにも寄り、お登志さんに会ってきました」

「ええ、お登志さんは私などよりずっと強いです」

「話を伺いました。清四郎さんにお嫁さんが来れば、桂屋の夫婦養子になると言うことを」

鞘香が言い、座り直して彼の目を見つめた。

「咲耶を、もらって下さいませんか」

「え……？　何を仰います……」

言われて、清四郎は一瞬何のことか分からなかった。

「咲耶の強い願いです。清四郎さんのご新造になり、一緒にお登志さんに孝行したいと」

「そんなこと、無理に決まってるじゃありませんか。私などと、お大名の姫様が一緒になど」

「いいえ、咲耶は武家も術も捨てると申しております。私も賛成ですし、殿も許してくれました」

「そ、そんな……」

清四郎は、混乱して絶句した。

「まだ、小梅さんの四十九日も済んでいないのに失礼ですが、どうかお考えになって下さいませ……」

鞘香が、深々と頭を下げて言った。

彼は夢でも見ているように身も心もぼうっとしながら、心の片隅で、美しい登志と鞘香の両方が自分の母親になるのか、と思うと胸の奥が甘酸っぱい感情で満たされた。

「か、考えるも何も、私の方に異存があるはずないです。でも咲耶様に、町家の暮らしなど……」

「あの子は何でも出来ます。藩邸暮らしの前は、姥山《うばやま》で過酷な鍛錬に明け暮れ、どんなことにも辛抱できるようになっています。いいえ、辛抱どころか、あの子にとって清四郎さんと桂屋に入るのは、何より幸せな暮らしであろうと思いますので」

「……」

「では、咲耶と喜多岡家さえ良ければ、お受け下さいますね？」

「え、ええ……、本当に私などで良いのならば……」

「ああ、良かった……！」

清四郎が答えると、鞘香は肩の荷を下ろしたように笑みを浮かべて言った。

生ぬるく漂う美女の甘い匂いに、たちまち清四郎は熱い淫気を湧き上がらせてしまった。

すると、さすがに鞘香は、すぐにもそれを感じ取ったようだ。

「では、まだ母子になる前なので、構いませんか？」

彼女が艶めかしい眼差しで言い、腰を上げた。清四郎も頷き、一緒に二階へ上がっていった。

すぐにも二人で着物を脱ぎ、一糸まとわぬ姿になって横になった。

清四郎が鞘香の股間に顔を埋めると、彼女も彼の下半身を引き寄せ、一物に口を寄せてきた。

互いの内腿を枕にし、清四郎はかつて咲耶が生まれ出てきた穴を舐め回した。

「ンン……」

鞘香も鈴口を舐め回して滲む粘液をすすり、亀頭をくわえて吸い付きながら鼻を鳴らし、彼の股間に熱い息を籠もらせてきた。

襞の入り組む膣口の周りを舐め回すと、生温かく淡い酸味の淫水がヌラヌラと溢れて舌の動きを滑らかにさせていった。

柔らかな茂みに鼻を擦りつけると、甘ったるい汗の匂いと残尿臭が程よく入り混じり、悩ましく鼻腔を刺激してきた。

美女の熟れた体臭で胸を満たしてから、ツンと突き立ったオサネを舐め、さらに潜り込むようにして白く豊満な尻の谷間にも鼻を押しつけていった。

悩ましい微香を嗅いで舌を這わせ、襞を濡らして潜り込ませると、ヌルッとした粘膜を執拗に味わった。

すると鞘香も彼のふぐりをしゃぶり、潜り込んで肛門を舐め回してくれた。

やがて互いに前も後ろも存分に舐め尽くすと、ようやく彼女が股間から顔を引き離した。

「入れて……」

「どうか、鞘香様が上に……」

言われて、清四郎は仰向けになりながら答えた。

すると鞘香も身を起こして跨がり、屹立した肉棒を陰戸にヌルヌルッと納めてくれた。

「アアッ……！」

彼女が熱く喘ぎ、すぐに身を重ねてきた。

清四郎も両手を回して抱き留め、息づくような収縮と温もりを感じながら、顔を上げて色づいた乳首に吸い付いた。

両の乳首を交互に含んで舐める間にも、鞘香が緩やかに腰を遣い、何とも心地よい摩擦でヌラヌラと一物を刺激してくれた。

さらに彼は鞘香の腋の下にも顔を埋め、腋毛に鼻を擦りつけて、生ぬるく甘ったるい汗の匂いで胸を満たした。

美女の体臭に包まれながら、彼も次第にズンズンと勢いをつけて股間を突き上げはじめると、鞘香も応えて動きを合わせてきた。

溢れる蜜汁が互いの股間を濡らし、淫らに湿った摩擦音も響いてきた。

「ああ……、いい気持ち……」

鞘香がうっとりと喘ぎ、上から優しく彼の顔中に唇を押しつけてくれた。

清四郎も、花粉のように甘い刺激を含んだ息の匂いに酔いしれ、顔中美女の唾液に生温かくまみれて高まった。

そして舌から唇を重ねると、鞘香も長い舌を潜り込ませ、チロチロとからみつけてくれた。

「もっと唾を……」

囁くと、鞘香もことさらに多めの唾液を分泌させ、口移しにトロトロと注ぎ込んできた。清四郎は小泡の多い粘液をうっとりと味わって飲み込み、甘美な悦びで胸を満たした。

さらに彼女の口に顔中を擦りつけると、鞘香もヌラヌラと舐め回してくれた。

清四郎は美女の唾液と吐息に酔いしれ、たちまち絶頂を迎えてしまった。

「い、いく……！」

突き上がる快感に口走りながら、彼はありったけの熱い精汁を勢いよくドクドクと柔肉の奥に放った。

「か、感じる……、アアーッ……！」

鞘香も噴出を受け止めるなり、声を上ずらせながらガクンガクンと狂おしく気を遣った。

清四郎は心ゆくまで快楽を貪り、最後の一滴まで出し尽くした。

そして徐々に突き上げを弱めてゆき、満足げに四肢を投げ出していった。

「ああ、可愛い……、私の息子……」

鞘香も近々と顔を寄せて熱っぽく囁き、熟れ肌の強ばりを解きながら、名残惜しげにキュッキュッと収縮させせた。

その刺激に肉棒がヒクヒクと過敏に反応し、清四郎は充分に味わってからグッタリと力を抜いた。

そして鞘香の喘ぐ唇に鼻を押し込み、美女の甘い口の匂いで心置きなく鼻腔を満たしながら、うっとりと快感の余韻を嚙み締めた。

(咲耶様が、私の女房に……？)

荒い呼吸を繰り返しながら清四郎は思い、まだ信じられない気持ちでいっぱいになったのだった……。


——仕上がった役者絵を届けに桂屋へ行くと、登志が開いている店の帳場で彼を迎えた。

「こないた咲耶様が来て、小梅の着物を持っていったわ。聞いたけれど、本当にお大名の姫君がうちの娘になるのかしら。清さんさえ良いのなら、私の方は構わないのだけれど」

「ええ、私もまだ信じられないんです」

話しながらも、互いに姫君の一時の気まぐれではないかという思いが抜けなかった。

ただ商家としては、大名と縁が繋がるのは決して損にならない。むしろ繁盛が約束されることだろう。

店が立て込んできたので、やがて清四郎は桂屋を辞して長屋に戻った。

するとそこに、一人の町娘が立って待っていたのである。

（こ、小梅……？　いや、まさか……）

清四郎は思い、それが咲耶だということに気づいた。これが小梅の着物なのだろう。

「さ、咲耶様……」

「咲耶と呼んで下さいませ」

「と、とにかく中へ……」

清四郎は言い、彼女を中に招き入れた。

上がって座った咲耶は、本当に町娘然としていた。二十歳ということだが、もともと若作りだから、小梅ぐらいに見える。

「本当に、私などで良いのですか……」

「ええ、清四郎さんさえ迎えて下さるのならば。他には、何処へも嫁ぐ気はありません」

言うと、咲耶は俯き加減だが、はっきりと答えた。

まさに鞘香が言った通り、家も術も捨て、ごく平凡な町娘に見える。

「分かりました。では、畏れ多いけれど一緒になり、お登志さんのところへも挨《あい》拶《さつ》に行きましょう」

「はい。よろしくお願い致します」

咲耶は深々と頭を下げて言い、清四郎は夢見心地のままにじり寄って、そっと姫君を抱きすくめたのだった……。

この作品は廣済堂文庫のために書下ろされました。

特選時代小説

KOSAIDOBUNKO

契《ちぎ》り枕《まくら》
さくや淫法帖《いんぽうちょう》

2015年3月1日　第1版第1刷

著者
睦《む》月影郎《つきかげろう》

発行者
清田順稔

発行所
株式会社 廣済堂出版
〒104-0061 東京都中央区銀座3-7-6
電話◆03-6703-0964［編集］ 03-6703-0962［販売］ Fax◆03-6703-0963［販売］
振替00180-0-164137　http://www.kosaido-pub.co.jp

印刷所・製本所
株式会社 廣済堂

ISBN978-4-331-61627-7　C0193

睦月影郎　さくや淫法帖シリーズ

香り蜜

さくや淫法帖

定価 本体600円 ＋税

ISBN978-4-331-61576-8

嫋《たお》やかにくねる肢体で褥《しとね》を淫らに濡らす咲耶と、一夜をともにした藩出入りの奉公人に次々と艶福が訪れる。一方、江戸市中では商家の旦那衆を狙った辻斬りが横行、不穏な気配が漂う。

悶え螢

さくや淫法帖

定価 本体602円 ＋税

ISBN978-4-331-61599-7

思いもよらず情交してしまった咲耶の術によって淫気を高められた御家人の梶木雄五郎。咲耶の母君の鞘香をはじめ、美剣士、人妻などそうそうたる美女たちと褥を供にしていくが……。